这个世界你要懂

All You Have To Know About The World

某顺 著

北方妇女儿童出版社

这个世界
你要懂

中国人习惯了说客套话，这是祖上传下来的口是心非，比如并不真心想请人家吃饭，还非要说“哪天一起坐坐啊”；还比如根本不想请人家来做客，还一再推荐本地的美食美景——结果是听者有心，人家果然抬腿就来了，自己就不得不尽地主之谊……如此口是心非招来的宴请接待，主家岂能真欢喜，失望尴尬倒是有，来客也容易意外地品尝到生冷疏远，结果是本来没仇没恨的，因为你的虚情假意和对方的没眼力，让双方原本一般的情谊一键清除。所以，如果你感觉不到地主的热情细致，只是因为你把人家的客套话当成了真心话；如果你并不真心想请人来，就不要随便热情推介本地物种，有百度，人家自己有途径去了解。自作多情虚与委蛇和没有分寸忘了远近，都是社交不该有的态度。

某顺做咨询十一年，因案例见识了太多的人性之丑恶，久而久之就百毒不侵了，就像雾霾吸多了，便感觉不到呛了。近些年的某顺，能接受和理解各种攻击、谩骂、侮辱、陷害，不是某顺胸怀宽广了，而是某顺每次都想：其实他还可以更恶毒的……某顺要感谢他没用最恶毒的办法。这个世界并非是你不招惹谁，你就没敌人，你的存在让某些人不痛快了，他一样会想方设法收拾你。某顺越明了人性，就越是恨不起来。某顺真的同情他们，因为本来某顺以为是人的他们，已经变成了鬼，而他们自己还浑然不知。

天生的恶念，一定要遏制。见不得人好，想法子陷害无辜，生怕世上没仇人，总以自己之心揣测对方，故意做梗着人家牙眼的那根刺……这种种毛病真是很多人的共性，对手或完全是路人的他可能因你停滞不前，甚至跌倒痛哭，但你又能得到什么？无非是旁观者兔死狐悲的警惕和防范。没有什么比让自己背上“贼人”“虚伪之人”之名声更要命的事了，因为世界将不再给你光明。慎言，慎行，控恶，控毒，是你走江湖的护身符。

低调。嗯，本该与众分享的小快乐，也得收了。因为真实的人性是不许朋友比自己过得好的。

男人选女人只有一个标准：漂亮。如果你不漂亮但有钱，你也能被男人选中，前提是他潜意识里指望你经常能救援他一把，但他会说他只看重女人的素质。事实是漂亮女人未必没素质，胸大无脑的说法也是平胸女人妒贤嫉能的表现。大胸又脸俊的女人比小胸又姿色平平的女人多经历了不少男人，人家吃 N 堑必定长 N 智，在抢夺社会资源（包括有点成色档次的男人）上，脸俊胸大者必胜。因此，如果你胸平脸丑，你就发奋图强去吧，目前不要再拼命和大胸美女争了，你绝对争不过，二三十年后你绝对有机会选择更年轻的男人。

你要烙多大的饼子，就得先谋划个多大的锅（甚至还要大一圈的锅），世上没人有本事能用小锅烙出大饼子，付出与回报就是锅和饼子的问题，你能大锅出小饼（浪费资源），但你做不到小锅烙大饼（真是胸怀多大，世界就有多大）。所以整容化妆应该是很多女人的必经之路，除非你不需要男人来捧场，相对于事业成功来说，整容化妆还是简单易行的。

三观不一，普通朋友都没法做，何况男女朋友。三观里的价值观是衡量得失轻重的，尤其考验人品。

离婚只是一种生活状态，没有任何可以自卑或被人轻视的理由，可惜中国人眼里的离婚是白事，连好多受过高等教育的人都认为,离婚是可怜的,离婚的人是可怜的。事实上对中国男人来说，离婚基本算喜大普奔，因为从此再不用被女人管束了，性伴侣又只会因此增加而不会减少，离婚真能让男人从梦里乐醒；对自强自立的女人来说，离不离婚都一样喜大普奔，因为丈夫于她们而言只是装饰品，并非必需品，离了算简约主义，不离算繁杂风格，她可以接受繁杂更可以享受简约。很多女人离婚后过得比离婚前要强得多，因为被迫付出和忍耐的问题没了，她精神物质体力都只用于她自己了，当然轻松愉快。

确实有屋漏偏逢连阴雨的时候，确实有走投无路的情况，但多数的担忧，事后都被证明是过虑了。当然还是要保持“人无远虑必有近忧”的警醒，只是，不要在事情还没发展到完全不可收拾之时，就提前绝望和不再努力补救。往往你再撑一下就柳暗花明了，可是你不信会有转机也不敢继续，那么只能是功亏一篑的结果。不要让你的情绪肆意地大起大落，人生总归是要有些磨难的，那些顺利的人之所以顺利，是因为他之前已经捱过了磨难，或还没走到属于他的沟坎儿前，所以你现在不顺利，要想到你的顺利就在前面，现在需要你捱过磨难了。

不敢付出也不信对方会付出，是我们的遗憾，这遗憾来源悠远，一般跟前任或前前任有关。被抛弃过的总担心再被抛弃，被欺骗过的总害怕再被欺骗；总担心自己再度被抛弃被欺骗的人，哪里还有情爱中应有的自信，而不自信会加剧对伴侣的怀疑……被怀疑一方则失落愤怒于自己总被怀疑的待遇，想，反正我做什么你都不信，那我就什么也不做了——如此，死循环形成，疙瘩再也解不开，他们只能分道扬镳。

某顺见识过的很多女人都认为，自己长得中等偏上显年轻，如果没有男人垂涎于她，是男人都眼瞎了；如果男人不钟情于她，是男人都庸俗不堪。她从来想不到，她吃果子都选鲜亮好看的，男人不挑她也是因为她不鲜亮好看。

关于人性的东西你懂得太多，会陷入一个你自己并不喜欢却又相当适应的处境：你什么事都能原谅，又什么人都不能原谅，你什么话都能说出，又什么责任都不肯承担。只因你知道，最好的结果也不过如此，最坏的下场也不过那样。了然之初你有过心碎的感觉，但很快痛苦又被轻松代替。你终于长大成人，你终于可以不再靠表白证明自己，你终于与这个世界握手言和。

不要小看认识不久就令你不快和难受的人，后面他一定会让你品尝到来自他的更多不快和难受。要知道人们在相识之初还都是克制的，收敛的，而他彼时就能让你不快和难受，说明你们的三观及性情都很不相容。如果你忽视了你对他的不满和失望感觉，如果你认为他只是偶然触犯了你，如果你认为你要包容他的缺点重视他的优点，那你就错了。不论普通社交还是男女情爱，我们要找的首先得是三观一致性情投契的人，否则是没办法和谐的，就算不存在孰对孰错，也有互相梗着牙眼的别扭，大好生活有的是让我们心满意足的人或事，何必偏偏与那个令我们不快的人相交，让自己凭空添堵？处不来，不是你要的那个人，就迅速远离吧，甭糟蹋时间，甭祸害心情。同理，当人家不声不响远离你时，你不仅得理解和接受，还得感恩，因为人家仅仅是不想和你兵刃相见而已。

每一个人都有几近崩溃的片刻，安全渡过这个关卡，需要强大的意志力和坚韧的决心。不撑过去就会有被打趴下的时候，你只能拼命一搏，要告诉自己只有如此才能过关，要信任自己有机会脱困。同时，紧急状态下的及时求助也是必要的，不要因为面子或前嫌就放弃向专业人士求救的机会，你眼里的无限大麻烦，很有可能只是他眼里的小意思，为什么不让他帮你迅速拨开迷雾？能减压时要迅速减压，不然你在重压下耽搁太久，不仅浪费生命，也可能贻误生机。

我们总是贪得无厌：人家给我们一个苹果，我们会盯着人家另一只手上的一袋苹果，暗想，他为什么不都给我，至少也该给我一半才像话吧？我们忘了，就他给的那个苹果，也是我们白得的，我们更忘了，我们连一个苹果核都不曾给他。我们总是贪得无厌：人家平时为我们做了多少琐碎的服务，我们都可以坐享其成、视而不见；但人家只要跟我们要报酬了，我们就当人家有人品问题、贪财寡义、不够厚道；我们从不问自己何德何能，配得起人家一直的时间和精力的付出？我们总是贪得无厌：他做一百件好事，抵不过他做的一件不好的事，我们对别人的要求都是奔着高大上去的，对我们自己却是原谅了再原谅，底线一再滑坡。无德与厚德的判断往往只有一个原则，就是“他为我做了什么”，给其他人的付出都不算，只要得罪了我，他就是无德。

在自然界，连公绿头苍蝇求偶时都会给母绿头苍蝇贡献食物，这种源自交配冲动的讨好本能，人类中的公的当然也会有。假如你遇见的男人不屑讨好你，或老跟你谈精神，不让你想物质，那只有一种可能，他是为了省钱，这就是某顺说过的“他认为你不值得让他花钱”。如果你是一个上了岁数（35岁以上）、容貌相当大众的女人，遇见一个口口声声他只看重女人素质和心灵美的男人，你千万别以为你运气好，找到了真正在乎精神世界的脱俗真爱男人，他只是想省钱罢了：因为你老你丑你会感念他的慧眼识珠，你就不计较他连绿头苍蝇也不如了，他就可以顺其自然地不花钱解欲了，懂吗？你一定要记住，公绿头苍蝇并不是对每只母绿头苍蝇都大方，只有碰上它看中的那一只，它才肯掏出自己的口粮——所以，如果你的男人对你一毛不拔，只有一个原因：他只是拿你当泄欲工具。你聪明呢就配合一下他，也只拿他当泄欲工具吧。（作为雌性动物，泄欲工具还是尽量找好看好用的为好，不然日后想想自己曾碰到过那么贱丑的绿头苍蝇，你会吐的。）

这个世界你常遇见的是两类人，一类永远在装正经正派正常，另一类永远在装不正经不正派不正常。前者开口闭口都是“仁义礼智信”，后者晃来晃去必称“我不是好人”。前者的“仁义礼智信”真的只是用来律人的而非他自己能做到，后者的“我不是好人”只是用来麻痹旁人视听的而非他真是坏人。所有标榜自己是道德标兵的人，无一例外都是岳不群式的伪君子真小人，碰上这种人你要尽早拉黑他，因为笑面虎从来都是最凶猛最无耻的动物。

你要多少才算够，某顺时常这么问自己。有时答案是眼下的都永恒就行，有时认为小舟飘在大海上，我还需要一艘航母。乐观主义者知足常乐，悲观主义者贪得无厌。那个长久自甘堕落的男人还幻想妻妾成群，其实有个人给你将就用着也就罢了，这就是大多数人必须面对的惨淡人生。

今天中午吃的粘玉米。某顺其实喜欢老玉米，硬点梗点才有嚼头，别看某顺牙少。饮食爱好也是人各有异，和审美趣味一样，喜欢吃辣的人一般都喜欢粗犷的环境，饮食清淡的人一般都喜欢精致的氛围。前者对精致不以为然，后者对粗犷比较排斥。你要是选伴侣，粗选可以根据饮食习惯走，和对方多吃几次饭，确定完全能吃到一起后，再细化精挑，选饭桌外也协调的。

好多女人的爱情，萌发于男人拒绝她或抛弃她的刹那；好多男人的婚姻，稳定于他发现自己真的不中用了的那一刻。两性之间最大的悲哀，莫过于男人遇见不知道自己只是不服输的前者，女人押赌实在疲软无力时才肯收心的后者。

已经不是穷困潦倒、麸皮都能当粮食的时代，要吃就要吃讲究点，吃好点，如此才对得起活着的这辈子。不碰垃圾食品你是知道的，但你未必知道没营养的食物也不能碰，肠胃有容量，也有需求标准，不要让没营养的东西占满你的肠胃，否则再饱胀也没好处。——对，某顺说的就是，那些没营养的人要远离，那些没营养的文字要屏蔽。自打有了微信朋友圈，且看各路牛鬼蛇神张牙舞爪吧：有些人永远在转一些捕风捉影的传言，有些人永远在说一些毫无价值的屁话，你若都看了都信了，你就是一头连麸皮都吃的低等动物。不要信体重200斤的人懂健身，不要听一天几包烟的人谈养生，不要跟贼眉鼠眼的人打交道，不要与装模作样的人套近乎。要擦亮你的双眼，认真挑选精神食粮，不然，你将始终在生物链的低层徘徊。

“以我需要的方式爱我”，这是恋爱中男女的共同心声，但人们很少有无私到忘我的时候，人们都习惯了“以我想给你的方式爱你”——那么问题就来了：你爱我的方式即便对你来说已倾尽全力，可是我未必喜欢和消受得了，我就需要你以我喜欢和我想要的方式来爱我，你连投我所好都不肯，还好意思说你爱我？其实你爱的只是你自己呀。既然你并不爱我，那就不要再假装爱我了。瞧瞧，好多感情就是这样分崩离析的，究其原因也只有一点：爱别人的时候还忘不了自我的话，你的爱就是打折的，是言不由衷的。爱真是给予，是你要什么我就给你什么，如果你不要的我硬塞给你，或你想要的我偏不给你，这不是我爱你，而是我想强奸你。

多数女人是喜欢前戏的，因为前戏里有温暖情怀，有奉献精神。但也有女人不喜欢前戏,盖因前戏“假模假式”,感觉不够解渴。嗯，这种女人欲望强烈、旱情严重，必须先补足水分才想谈营养，不像渴望前戏的女人，还把营养放在首位，能不能彻底浇透地，她不是那么操心，因为她认为男人在她身上忙活的时间越长，就是越爱她，而这种忙活可以是劳动，也可以是休憩。即，看重前戏的女人更注重感觉，不需要前戏的女人更注重现实。确实，能省略前戏的女人，都是能干大事的。(这个大事是指把男人当小兔子和钱包用，要情怀的女人不好意思这么狠。)

“我爱你知道吗！”“谁稀罕你爱我！”——这样的对话在男女之间经常有，只不过多是腹语，好意思公然讲出的很少，尤其是后者，就算心里已经一万遍这么说了，一般也很难出口，这就是涵养，这就是“我想要一只梨，你给我一筐苹果也感动不了我”——所以，那些自以为爱人家就是给了人家几辈子福分的，真的是不可救药的混账；婆娘们不要随口就说“他再也找不到像我这样爱他的人了”，嗯，像你这样爱他，是他最讨厌的事。

已成事实且不可挽回的，就第一时间接受，懊恼忏悔、互相指责都没用，都改变不了当下局面，就不如省点力气，想想怎么弥补损失。如果损失是无法弥补的，那就任由它那么着吧，没腿了也要继续活着，不过是学会爬行而已。反正天是塌不下来的，无法面对的时候就不面对了，立刻转身，去做点你力所能及的事，让你的人生迅速进入另一个程序，一个你不熟悉又已然开始的程序。原谅自己就这么无能和运气差吧，不能因为过不上好日子，就让不好的日子过得更糟糕。

任何事情都是钱的问题，你认为不是钱的时候，是因为钱远远不够。

“求偶是目的，求爱是手段”，是不是看了这句话就豁然开朗？翻译过来就是说：性交是目的，谈情是实现目的的办法。

窥一斑难见全貌，一件事、一个人、一个物件，只要你不能身临其境且全方位观察，你就可能误以为他是你看到的样子，然而不然。所以，某顺吃了四十多年白米饭后才明白：我们永远无法完整地描绘出世界原本的样子，我们也只能以尽可能含混的态度来表达我们的观点。不然会怎么样呢？嗯，你越想靠近真实，却离真实越发遥远。尤其是感情，你看见的都是你想方设法要确认的爱，或不爱。

要至少忍耐三五十年，才能换来今生今世的携手，可是你还没怎么样呢就喋喋不休说你多爱他，会是真的吗？你的爱情太容易出现了就不叫爱情了，还是叫骚情比较合适。

为什么我只穿一双鞋却要备上那么多双鞋呢？因为我不觉得等我上脚的那些鞋子是多余的，万一哪天就用上了呢，鞋子是要看用途用场的。为什么我有那么多鞋子却不抓紧时间挨个穿呢？因为时机不到。嗯，滥情又专一，说的就是我这号人，我对鞋子的态度，就是男人对你的态度。不同的是，你可能一直在他的鞋柜里寂寥地躺着，而不是他脚上经常穿的那一双。

偏见比无知离真理更远。无知是不懂，偏见是不想懂，你无法说服一个故意不想懂你的人。就如男女世界里的互相追求，他一追你，你就以为自己比他高贵，这就是典型的偏见，你无视的是自己的价值，只强调被他追求的现实，而这现实很可能是因为他对你的无知才发生的。人们容易高估自己的价值，也很容易低估对方的纯良，总觉得他对我不够好或他对我的好也是别有所图，这样的偏见比比皆是，它让人们远离了发自本心的性吸引与情好感，最后只剩下了世俗的偏见：对比谁更像我们的爱人，而非我们真离不开谁。

你以为是你的瑕疵让他放弃你的？婚史、乙肝、不好看的走路姿势，你以为这种种问题让你配不上他，让他没勇气选择你了？No，他只是不爱你。如果他爱你，你真的可以“满脸麻子放光彩”，如果他不爱你，你的优点他统统看不见，他只能看见你的缺点……这时的他怎么可能善待你？他嘴里眼里都是对你的厌嫌，你做什么都是错，你们怎么可能有未来？放弃不爱你的人，是给自己美好的未来剪彩，你不下手剪这一刀，你就永远陷在泥泞里，永远被“怎么讨好他”这种负能量围绕，你就永远不知自己的价值是被他轻视否定也是被你自己低估的。不放下他，你永远无法向前，而放下他，你前面都是光明灿烂。

不要人云亦云，也不要人不云也不云，你想表达的应该是你真实所想，且是你确定能负责的，也真是你当下关注的热点，没必要人家哭哥哥你就哭哥哥，人家骂青岛你就骂青岛，你不表示你紧跟潮流又不代表你就落后于时代了。敢于说人家都不会说或根本没想到的问题，才是一个智商人格都健全的家伙（政治宗教就不要说了，因为这不是美国）。你不需要努力去迎合公众口味，你又不是社会名流必须带头，你也不需要去做完美的人，完美的人从来都不存在，你只要展现你的真实，某顺就足够敬佩你了。当然你可以完全不在乎某顺的敬佩，因为我们的价值观确实不一样。

有的女人打年轻时就受男人宠，因为长得好、会来事儿、床上也活泼，当然容易拿下一个又一个男人。还有的女人年轻时貌不惊人，长相不受男人待见，性格又特别要强，床下床上都不柔软，当然会被男人远远地推开。但前者因为轻易能得到心中所想而容易不珍惜，后者因为始终没人疼而始终在发奋，等人到中年，前者姿色已黯淡，后者还是一副振作样子，她们的区别就逐渐缩小到无了。而且后者二十年奋斗也该出成绩了，老天会让外在不起眼的她们越来越容光焕发，于是乎，女人的第二春出现在从来没有依靠的她们身上，这第二春比第一春还耀眼，因为有钱就自信的人性，她们也成了小男人喜好的姐姐。所以，别说你没机会美，六十岁时你能约会四十岁的男人，不是美又是什么，美得很！

我出轨是因为被骗，因为你出轨在先，因为你不爱我，因为心灵孤独；你出轨是因为花心本质，因为忘恩负义，因为没有原则，因为不甘寂寞。我出轨必须原谅，因为我回归了；你出轨不能原谅，因为伤我太深。你怀疑我是无端猜疑，没事找事；我怀疑你是客观判断，有根有据。你做的一切都是破坏我们感情的，就算努力悔过也是装模作样，想让我这次放你一马而已；我做的一切都是为了我们的感情，就算折腾你也是被你刺激的，是想你从此迷途知返。总之，你出轨与我出轨不可同日而语，你闹腾与我闹腾也不是一回事儿，你就是个天生的混账，我就是个折翼的天使，你配不上我，我瞎了眼才选了你——好吧，双重标准的女人男人们，你们就这样了。

欲望，就是追求更饱更好的迫切向往。欲望过强即贪欲盛。看看你都贪什么吧:金钱，越多越好，这是满足你其他欲望的基础；爱人，越多越好，肾好活好你有资格要求更多；美食，越多越好，这代表着你见多识广的丰满人生。没有欲望就没有努力、没有前行，可是欲望怎么才能够都实现，是不是要穷尽一生气力？如果要用一生去追逐最后烟消云散的东西，是不是有必要，因为很多时候我们眼大肚子小？我们可能并不知道自己的承载量，但我们已习惯了“要要要”，要钱，要爱，要我们以为必须有的一切……这些都要到了，我们就能幸福了吗？某顺怕自己更不幸福了。

穷和贱是孪生，人穷就容易志短，志短就容易见小钱眼都开，见小钱眼都开就容易出贱人相，而人贱了就更难翻身了：因为别人会看不起你，会有机会也不照顾你，就为见不得你那贱。所以，人穷志不短是必要的，是给旁人信心和好感的自我表彰；在你还很穷的时候，尽量做到穷而不贱，不巴结有钱人，不践踏同类，倔强而自尊地活着，你会因此让比你富强的人欣赏你，并找机会帮助你。而且，救助者都希望对你的雪中送炭只是偶尔为之，而不能每逢下雪就被你缠住，所以你要记住的最后一点是：不要总是开口求助，不要贪得无厌，不要没完没了地剐蹭你的恩人，自救必须是第一位的，感恩必须有。

某婆娘家有男猫女猫数只，为不让家里变成猫公馆，她把男猫给阉了。尽管没了作案工具，男猫还是经常骑在女猫身上做出苟且姿势——显然，男猫的本能没被阉掉。人的世界也如此，太监有钱一样讨几房女人，老头八十多了一样摸小女人屁股，他们也都搞不成了，为什么还忘不了腥臊事呢？盖因搞女人的快感他们一直念念不忘，只要还活着，射精时嗑药一般的强刺激就让他们十分追忆。婆娘们，这是改不了的人之本能，若你还谅解不了他的频频出轨，可以没收他的作案工具，高科技时代下点药就实现了，都不用见红……只是婆娘们别忘了，他纵然没作案工具了，还是会追在其他女人的屁股后不停地嗅啊嗅，因为他是雄性动物。

女人都这么认为："你跟我上床了，而且挺喜欢的，在一起对我也不错，所以你就是爱我的，你爱我为啥不和我结婚呢？"男人这么想："我和你上床是因为你愿意让我上，而且你还不要钱，在一起时我体贴细心是因为我不这样你就不让我上了，所以我只是喜欢和你上床，但我喜欢和她们上床的人过去以后都有，难道我要都娶回家吗？我想政府也不让啊。"

朋友圈是个可以随便搭讪随便说话的地方吗？不是。因为你不知道谁和谁也是好友，假如他们中的一人总是潜水的话，你和另一人的热烈互动就被他看在眼里记在心里了。所以，如果你和某人甚至多个人有情感或肉体纠葛，最好慎言、潜水。不要因为习惯性的套近乎性格，而让喜欢你的人怀疑你的作风操守，并因此疏远你。Ps：你谁也不在乎，那另说。

某顺是专门研究人性的，偏重于研究男女两性的本能，很遗憾，越研究越泄气，对人性对本能都如此。讲两个事，你们就知道泄气是无法避免的：某人的爹八十多了还摸护士屁股……婆娘们还不明白吗？惦记“别的女人”是男人携带到死的本性，活着时根本改不了。另一个男人工作优秀，有社会地位，但他同时勾搭数个同圈子的女人，被他撩过的一女形容他“以带天下女人达到性高潮为己任”……婆娘们还找什么鸭子，明明有甘于奉献的免费用。这两个男人告诉你们：一个球只进一个洞，基本是妄想，既然漫山遍野都是洞，球就能进几个洞便奋力进几个洞了，所以作为洞洞的女人们，别再做不合逻辑的梦了——当然，作为洞，你也可以不停接纳不同的球，只要能塞进去，只要能给你快感，你还管哪个球写着你的名字？纵然写着你的名，也没你专属的球了！

有时候爱情是挤出来的，和乳沟和时间一样挤挤就有了。你以为你对他是爱情，其实你只是选他来陪你谈恋爱，人们摆脱压力和寂寞的最简单渠道就是恋爱；你以为你离开他就没法活了，其实你只是不想失去“有人爱”这状态；你以为失去他的你就成了浮萍和柳絮，其实几天后你便发现没他的日子和有他之前一样，不过是属于自己的时间又多了。我们总无意识地夸大自己的胸怀，说自己长情，逼自己痴情，但，挤出来的爱情和挤出来的乳沟一样，总要松绑的，一旦你没了束缚，完全放松了，你会发现没有他也挺好，不过是胸平静了，日子也平静了。念念不忘、矢志不渝，才是爱情，你哪有？现在给你个男人，你也不会拒绝，因为你需要——看看，你的爱情果真是用力挤出来的，而不是从心底长出来的。

钱在哪里心就在哪里。这句话错了吗？我们拼命想证明这句话是错的，但是，我们是不敢扪心自问，因为我们喜欢谁就舍得给谁花钱，这是不争的事实，我们讨厌谁不仅对他一毛不拔，还想令他损失以飨我们的“正义需要”，这就是真实的人性。男人有外遇，钱一般还是拿给老婆的，这一是法律要求，二是男人就不认为外面的女人配花他的钱，因为她没有给自己生一儿半女不说，她也不是明媒正娶的，她理应为了爱男人而毫无所图，否则她就有卖淫嫌疑。持有这种逻辑的男人比比皆是，所以做“小三”很悲哀，你得用雷锋精神支撑你的行为，如果你不想继续奉献了，男人依然会说你就是不爱他，而是另有所图，爱他的只有家里那个拿他钱的人。

给别人脸就是给自己脸，不给别人脸，就会被别人打脸。人活一世再得意，也能有 N 多次打脸的机会，怎么避免被人打脸？自重与尊重他人。

你走过千山万水，是为寻找不一样的感受，但千山万水走遍，你发现最神奇的景观原来是自己：竟然绕了那么多那么远的路，就只为回到你的出发地。

确实有沟通不畅引起的误会和三观不同导致的曲解，但更多矛盾来自于积攒日久的不满和怀疑。根本就不想听对方解释，当然不会有理解原谅之说，哪怕对方什么也没做，也依然是彼此眼里的罪大恶极。“欲加之罪，何患无辞”天天上演，解决办法就是耐心解释、努力沟通，争取让对方尽快理解你原谅你。在误会已然形成之时，忌讳用冷暴力来处理问题，因为这只能使两人关系更加恶化；拿热脸贴冷屁股还是有必要的，一方冷，另一方就应该热，而不能随着他冷你也冷，如此就把本来还能缓解的关系给彻底冻僵了。当然，暖热对方的行为也不需要长期坚持，不妨给自己定个期限，期限内还暖不热他，那咱就走，不为难自己，也不讨好不值得讨好的人。

不是一路人，就不要混一个圈子，否则人家坑死你都不知道。别以为他做的事都与你无关，你就能与之长久地和平相处，之前他是从没坑过你，但不代表之后他也不会坑你。野猪始终是野猪，野猪壮大了一定会毁掉他经过的所有地方。

能分开的都是因为不爱，或至少也是不够爱。记住某顺这句话，能帮你失恋后康复。你总以为他是迫不得已只好放弃你，总不能为你和全天下作对；你总觉得自己不够好，才让他衡量得失后放弃你——其实呢，和你在一起根本不用那么大成本，他只是觉得你不值得他牺牲一点儿而已。而且就算赌上全天下，大不了还有一死，他爱你他还不舍得跟你走吗？此时别提价值观，因为你根本就不是他最重视的人。

挑男人的本事不是很快就能有的，那么就简化下，变成排除法。你不要的男人有：太胖的、矮丑难忍的、嘴贱手贱的、行为不端的、口碑不好的、软短小的、太吝啬的、算计你的、口舌如簧却除了半桶猪血再什么也没给过你的、圈里的、没收入的、有吸毒赌博历史的、不好用的、不好甩的，都可以排除了。不过某顺怕你也没人可选了。

试着爱上这个世界，纵然满眼都是不如意，也要寻找不如意里还尚可、还能忍受的地方，然后劝慰自己，世界本该如此，不然就没有生的必要。试着原谅背叛你的人，因为没他也会有别人被上帝派来磨砺你，既如此，你忍耐的只是事，而非人，对方就不再被你仇恨，云淡风轻能做到，只需忽视对方。

我们经常误会别人，原因只是“我不会那么做”或“我就没碰到过”。这其实是价值观和世界观的区别，你不会那么做，是因为你还没有身临其境就以为自己能更高尚更优秀（即，你自认为占据了情操制高点），也是因为你孤陋寡闻经历的事儿太少（即，眼光短浅、认识浅薄）。误会多数是主观的，仅仅是因为你看不懂或你做不到就认为人家不是好东西、人家错了，这种误会遍地皆是；仅有少数误会是客观的，是事情表象的因果不一所造成的。而规避不该有的误会，只能是多读书、多思考、多推己及人，见多识广后才能见怪不怪，自省反思后才能懂得对方。

感情破裂、关系终止，除了因发现志不同道不合且三观不一后的主动割席断交，就是以下几种情况造成的：一、小人搬弄是非，导致双方误会越来越深；二、某一方始终高冷的态度刺伤了另一方的脆弱心灵；三、羡慕嫉妒恨比自己发展好的昔日伙伴，具体表现为背后插刀当面嘲讽；四、为利益分配不均而翻脸；五、无视对方感受的随意态度；六、自以为能蒙混过关的背叛行为。Ps：能不能相与一辈子，看缘分，你失去谁都一样活，他失去你也一样有别人陪伴，所以犯不着悲愤纠结，随缘随分，分手时就该一别两宽。

有些人，一想到已经与他失之交臂，就觉得天空都昏暗了，而另一些人，一想到他始终要梗着你的牙眼，也觉得天空都是昏暗的。这个世界不能自由选择与谁一起呼吸、一起生存、一起出现，实在是遗憾，只能让自己努力走出去好远。为了避开那些不想见的人，有时我们宁可放开还不想放开的手。祖宗说这叫择邻而居，某顺说这叫迫不得已。

忍耐的原因有两个：一是无关痛痒，没必要计较；二是等待回击的最佳时机。不再忍耐的原因也有两个：一是越不理丫越猖獗了，二是到秋后算账的时候了。这个世界从来没有谁可以任意欺辱他人的可能，老祖宗说“不是不报，时候未到”。嗯，你不怕报复你也试试。

某顺经常被人看不起。摆摊的看不起某顺，因为某顺不买他们推荐的东西；读者看不起某顺，因为某顺不写他们想看的东西；男人看不起某顺，因为某顺没大胸细腰长腿和俊脸；你可能也看不起某顺，因为某顺不能一辈子帮你而只能被你暂且借力。这个世界看不起某顺的人很多，某顺以前介意也因此发愤图强过，但现在某顺根本不关心谁看得起我，因为某顺现在的人生观是我舒服就行，管你娘的怎么想我。人生过半，某顺活得越来越任性，而这些都是忘记传统价值观之后才能做到的。嗯，我不需要别人的肯定或否定，我自己乐意就够了。

会做一手好看的饭，经常网上晒晒，能勾引来不少惦记你的男人，他们以为得到你就能免费吃到你那好看的饭了，他们更以为你是贤妻良母款，可做他的老婆预备役，先存着。但现实是这样的：没几个男人（尤其是有点儿能耐的男人）会天天在家吃饭……也就是说，你做的饭再好看，也很难留住男人的身心，因为外面各种职业大厨都能搞出比你这业余爱好者要好看很多的饭来，在花钱就能遍尝珍馐的当下，你认为谁还需要拿出全部身家就换你一种风味？Ps：这还没议论你那好看的饭是否好吃，是否对人家的口味呢！

女人们都想自己的男人出人头地，其实出人头地的男人有什么好，他站在亮处，里三层外三层围着女性仰慕者，你站在暗处，心里跑着各种兽，还没法说，总不能怪他出人头地了。不如女人自己努努力站在亮处，然后细细挑几个围在你周围的不属于你圈子的男粉丝，用或不用都无关紧要，只要有他们陪着，你会走得更坚定。

每次灾难后都有一群人发誓要从此好好活、善待亲友享受生活，但三五天后他们就都原形毕露：过去怎么活的，现在还是怎么活，绞尽脑汁挣钱、费尽心机出头，直到下次灾难又发生，他们再次祈愿发誓。其实，爱自己的和不爱自己的，始终是两拨人，不管环境如何他们都很难改了，性格决定命运。懊悔总会有，只期望不爱自己也不爱亲友的你的懊悔，能来得晚一些、再晚一些。

男女之间最常见的争论是关于钱的。男人认为女人如果想花自己的钱，就涉嫌卖淫（都爽了，凭什么男人要给女人钱？）；女人认为男人如果分文不出，就证明他不拿自己当事儿（谁不懂得付出多是因为爱？）。男女的思维分开看都没错，合一起就彰显出双方是既无情也无礼（此处的礼不是礼物的礼，而是礼节的礼）：理论上男女平等，双方都得到了满足，男女都不该另收费，爽还不够吗，对吧？但，介于女人有怀孕及妇科病之虞（特殊生理构造导致），如果男方能适当多承担点儿治病或打胎责任，也是有情有义的做法。那么男人怎么承担相应的情义责任呢？总不能等人家怀孕了或要治疗了再来找你要钱吧？在一起之初你就掏点钱，比如房费饭费甚至车旅费，你管了这些，女人将来有病或怀孕了，她也就自行承担医药费用了，以免大家再聚仅为买单尴尬，这么做是不是更人性呢？当然，法律上无论男女哪方主动，确实都不用掏钱，只是我们都是体面人，还有面子里子要维护，花点小钱让彼此都不纠结，也是蛮好的选择，此选择重在简单。是的，钱能解决的事情都是小事情。最后须补充的是，女人最好高看自己点，别做让男人误以为你是站街女的蠢事，你若要就要个大头，别为一点点小破烂就和男人张口，徒留你贪钱的把柄。

理论上以貌取人是对的，但也有小概率存在，所以前辈还教我们心灵美胜于外貌美。长得丑恶、做事也丑恶的人不少，长得不错、做事却很差劲的人也不少，相对于前者，某顺以为后者更可恶，因为他们先用好的外在瓦解了你的防范心，之后没防备的你会被他坑成什么样，只能看他心情了。与其都要上当受骗被辜负，还不如被丑人骗了：先是防他防得紧，而后一点点发现他的心灵远超外貌，你一点点解除警惕，直到与他成为肝胆相照的挚友……先苦后甜，总是强于先好后毒。

男人最爱得不到的女人，女人最爱离开的男人。

世上有两种人，一种装聪明，一种装憨傻，你就算逻辑能力再差，你也知道装聪明的是真蠢，装憨傻的是真精。为什么要装聪明？嗯，怕人家发现自己脑子不好使，同理，装憨傻的，是怕人家发现自己心眼多；不论装什么，都是想让人家误解自己，说白了就是安全感不够。所以，如果你碰上那不在你眼前装的人，就珍惜他吧，他要不是极端信任你，也不会如此袒露。

有时候的辜负，不是对方真辜负了你，而是对方用他的行为证明了他与你不同的世界观。

着调和不着调，从交往之初就能分辨出来了：着调的人从来不做让你失望的事，纵然有时结果不尽你意，着调的人也会让你明白他努力了，他为让你满意已经尽力尽责了只是没扭转局面；而不着调的人则相反，他会一开始就让你觉得自己被辜负被无视被糊弄了，甚至被骗被坑，你曾想给他机会让他证明他没那么无聊无赖无耻，但不着调的人哪里会在乎你给的机会，他会继续让你失望乃至绝望，最终像防贼一样远离他。其实很多着调和不着调，都是相对态度，即，他认为你不配他善待的时候，他会不惜自毁形象地让你频频失落，令你自动与他保持无限远的距离，而他认为你是重要的人，需要他好生伺候时，浑身细胞都能严谨靠谱起来，那时的你就能收获一个像样的朋友了。所以碰上不着调的人，不要申讨不要研究，赶紧远离即可，因为他的不着调行为已经表明了你在他眼里一钱不值，既如此，你何必还给他更多羞辱你戳伤你的机会？

轻易不要说“有机会就……”或“条件成熟时就……”这样的句式，因为你说的时候就明白你不想要机会也不想有条件：活着，健康地活着，衣食无忧地活着，一场说走就走的旅行哪里用得着等？你说要等，只是你眼下不想而已，既然没那么迫切，又何苦现在表白。所以，那个对你说“我找机会去看你”的人，你现在就可以把他从心里删了，因为他对你的需要远不如你对他的想念。

你再严肃认真地过生活，隔一段时日，或被动经历一截动荡，回头再看过往，仍遗憾地发现，曾经的都不重要，曾经也可以有另一种姿势。历史总是重复着戏谑我们，绷紧的被嘲笑，松弛的被打击，要怎样的方式才能刚刚好？上苍说没有标准答案。

律己是难的，需要在别人都随意的时候还严格管束着自己。要知道从众心理是最容易冒出来的，也是最容易让人们原谅自己的，能做到不从众、坚持原则的人，是大家信得过也难以模仿的人，因为大家都知道时刻保持操守不折中是有多么难，普通人更愿意人家都有操守，唯自己能随意随心，这就是人间常见的道德观。道德这东西真的只可用来律己，可惜被绝大多数人做了律他的幌子。

越老越喜欢年轻人，哪怕他们时常犯错都肯原谅他们，因为知道他们总会走到没错可犯的那一天，和眼下的自己一样无聊又无奈。越老越肯帮助靠近自己的人，因为只有在帮人的时候才能感觉到自己尚有力量，对很多人还有利用的价值，当自己只能利用别人的那刻到来，生命还有什么存在的意义？所以，不吝气力地鼓励和扶持有需要的人，不是造福人家，而是支撑自我。

一周前从山东来到新疆，起初最感叹的就是蓝天白云，连孩子都说在山东一年也看不见几次这样的天空啊，但看了几天就审美疲劳了，我们不再关注蓝天白云，因为看或不看，蓝天白云都在那里，不会消失。想想生活中还有很多和蓝天白云一样美好却渐渐被我们忽略的东西，比如那些对我们好的人，因为天天都在我们身边奉献着，我们便以为他们会陪伴我们一生一世……事实上他们总有一天会因主观伤心或客观现实而离开，也只有失去了天天拥有的必需品时，我们才能痛惜过往的云烟，才会深刻反思自己的无情无义。

“你以为”，多数只是“你以为”，而不是事实，但多数的“你以为”会毁掉你的感情或生活，甚至事业。眼界决定了判断力，感觉又被见识误导，“你以为”最终害你远离真实，你却得意扬扬，这就是无知。

不如意的婚姻和不痛快的生活，你以为忍忍就过去了，但你不知道很多女人都忍出了病。甲状腺癌、乳腺癌、卵巢癌，多出现在能忍的女人身上，因为她们不懂得情绪始终低落压抑的结果，就是激发这些本可以避免的恶疾。学会发火，学会宣泄，学会变心，你才能够健康生存，世上再没有比生命更重要的东西了。

允许别人以别人乐意的方式活着，这是成熟的标志。世界方圆，多少亿人若都只有一个世界观，那这个地球就是最可怕的地狱，甚至连地狱也不如。之所以我们总有生机，皆因能看见别人不一样的活法，感知到与我们不同的快乐。因此，人家活人家的，你活你的，两不相干即可，千万别主动指导人家的人生，因为“子非鱼安知鱼之乐”，还因为你不是人家亲娘，何必自作多情。

提要求和请人帮忙时，要先看你和对方的关系，不要轻易出口你未必能得偿所愿的请求，以免双方尴尬。谁心里都有一杆秤，你以为你和对方有交情，对方未必拿你当朋友，如果人家根本不欠你分毫，你不经大脑的随意请求就是与人添堵了：帮你从你人家不甘，弃你逆你又有得罪小人之虞，你让人家很为难，人家心里对你的不满会因为你的一厢情愿而加重，你何苦来哉？另外，请人帮忙时也不能信口开河，你的价值观与对方的不一样，你的社会价值也与对方的社会价值不一样，你以为能给对方带来利益的双赢未来，对方或许根本不屑一顾，所以你说出的合作条件必须得是能吸引对方的，而非令对方感到羞辱和被嘲弄的，要做到这一点并不难，一是有自知之明，二是了解对方的实力。

最近的语音课让某顺了解到一个事实：讲皮毛更容易让大众觉得有用。注意，是觉得有用，未必真有用。作为研究者，某顺平时的课程已然不自觉深化到学员粉丝以为不够实用的地步。简而言之：多数人依然只需要助力的拐杖，而不需要独自走路的技能。这是我们双方的遗憾。就像同一场内容的讲座，在某地吓得组织方不敢声张，在另一地却得到了从上到下各级公务人员的认同。不是某顺有问题，而是听众思维定势决定了课程的价值。

虚情假意是很好辨别的，答应你的事没有做，说要给你的礼物没有给，都是一眼就能望穿的虚情假意。能找得到理由不去兑现承诺的，都是不够爱你的。爱你的人为让你不失望，真的可以赴汤蹈火，就算客观现实让他无法赴汤蹈火，他也会为你提供一个折中方案，让你不至于太寒心。

相爱的时候很难梦见对方，因为你们都知道对方是爱自己的，心里踏实就不会胡思乱想，梦里就不会有他，梦境显示你潜意识的担心；等你们分道扬镳，而他一直在你心里，你一直放不下他，他就会时不时进入你梦乡，不管梦中他在做什么，你醒来后都会伤心，这就是爱情，单爱。

每个人都有两面，一面示人，一面慰己，示人的那面往往是自己不想担当的角色，慰己的这面不管好看与否都是自己乐意继续的形象。两面派的我们有时很任性地将里外两面统一了，但很快又发现，给别人看的和自己的本色必须有距离和差别。没有距离就没有安全感，没有差别就没有神秘感，而一个缺乏安全感和神秘感的人，时时刻刻都不能放松警惕，因为他是敞开的，他没有退路可言。

这个世界你总能找到另一个自己，一个你能感受到和你一样的，又完全不是你的另一个人。你靠近他是因为他用与你一样的气息吸引了你，你远远近近地围着他逡巡，有时忍不住表白自己，有时忍不住夸奖他，你甚至没有目的，只是想告诉他，他并不孤单。其实他真不孤单，其实他也不需要你的陪伴或支持，其实他的世界离你很远，你们唯一的关联是，他拨动了你的心弦，但你的爱与他无关。

爱情是身不由己的，一旦你能自控时，爱情已经离你而去。

及时排泄是必须的，不然垃圾废物再被吸收，肯定会严重影响健康。但排泄有时不是你主动积极的促成，而是因为吃坏了肠胃才被动倾泻，这种情况下排毒功能是发挥了，却也可能因为太快太猛太彻底而导致身体虚脱。虚脱后肯定需要大补，边补边反思，之前为什么那么没原则地胡吃海喝？那些长得难看的、有异味的、功能模糊的东西，本来就该禁食，你胃口太泼实，什么都咽，你不受罪让谁受罪？

背信弃义的人不能交，说人坏话的人不能交，出卖朋友的人不能交，坑人不怕事小的人不能交，勾搭朋友配偶的人不能交。

曙光总是在最黑暗的刹那突然来到，你还以为这暗夜没有尽头呢，可转机倏忽就出现在你意料之外，所以不放弃是永远正确的选择,不捉急是永远聪明的态度。笑看云卷云舒,听任潮起潮落。

完美的人生是我们想要的，但完美究竟有没有呢？说没有，遗憾；说有，又不曾见。看到那只烤得金黄的乳猪时，你以为人生大美不过如此：伴着美人，守着美景，啖着美食，哪还有其他追求？但酒足饭饱后就又想起遥远的地方，想念自己的家人和放不下的工作……在暂且摆脱烦恼的潇洒风流后，我们还要回到原先的尘世去，从哪里来就得回哪里，逃避从来只能是片刻，幸福感只能打折扣，终究还都是俗人，俗人哪敢想什么是什么，俗人只敢要高潮，不敢要浪潮。

规矩分两种，一种是默认并通行的潜规则，一种是写在文本合同中的一二三，不管是前者还是后者，都是要执行的，否则就是坏了规矩。你可能不怕坏了规矩，但出来混总是要还的，你今天破坏规矩、害他人损失，明天就会有人继续破坏规矩，叫你也吃不了兜着走。白道黑道都是有道可循的，不肯遵守规矩的人肯定白道黑道都走不通，在你窃喜让别人无路可走时，劈你的斧子已经举在了另一个人手上，世界必须是平衡的，不然就你能事事得意？老天都不会容你随心所欲。

到底是性格不合，还是价值观不同，这是很多男女分手多少年后也整不明白的事。你认为你和他的主要问题是性格有冲突，其实还是价值观在捣乱。同样一件事情在不同价值观的人眼里，会出现完全不同的是非黑白曲直，你不能接受的他却无所谓，你们就会吵，吵完你们都认为对方脑子有病，“连这个都想不通”。其实你和他脑子都没病，就是脑回路不是同一张图纸做的，你们对待是非黑白曲直有完全不一样的判断，最初有欲望支撑还能勉强让着对方，等兴味索然时你们当然都不屑再让步，于是乎你们“性格就不合了”。性格不合的你们最终会连再见也懒得说就转身离去，只留对方的各种不好在心头，很久都不愿再想起。价值观不同容易全盘否定。

那些口口声声要帮你的人，一般都不会帮到你，他们或有心无力根本帮不上你，或有嘴没心只是说说而已；就连真心帮你也决心帮你的人，也得是有实力还有毅力的人，他们不会轻易许愿更不会随便开始。有人相帮是幸运的，能让你一步当 N 步跨出去老远，没人帮你也没什么，至少你以后还能牛逼哄哄谁的面子也不给，前提是你有自己混出头的运气和本事。

好去的地方人很多，好吃的饭馆要排队，好看的男人女人都有和你抢的，好做的工作事业都竞争者无数。即便你知道这些，你也不敢去人少的地方，不想进萧条的馆子，不肯要难看的男女，不愿做别人不稀罕做的事情，盖因你怕吃苦、怕后悔、怕掉价、怕失败。你总是想超越别人但又忌惮付出代价，你总是想与众不同但又介意大众点评，你只想做个侥幸的人但又命中注定只能是个普通人……人生不如意十之八九是因你的贪婪和恐惧。不舍付出也缺乏勇气的你，还是少期待少试探为好。

你美好的生活里，有精致合口的食物，有投缘真诚的朋友，有五光十色的风景，有好玩有趣的工作。这还不够，你的孩子活泼好学，父母健康硬朗，伴侣相依相守，朋友上进阳光……不是所有人都能拥有这些，而你不经意间竟然全得到了，纵然经济上不能大富大贵，但你无欲无求却该有的一样也不缺的现况，才让人嫉恨。彼时彼刻，心歪眼斜的人渣会不断攻击你，因为你太幸运。真的，你要相信，你幸运得令他下辈子也赶不上你了，他才会咬牙切齿地恨你、害你。敌人总是从侧面肯定着你的成绩，那些空穴来风的造谣污蔑，本该使你更骄傲：当你的敌人只有靠编瞎话来侮辱你时，你活得是有多么荡气回肠。

看穿了一个人的贼心眼和不善来头，还假装懵懂无知不懂他德行，继续与他推杯换盏把酒言欢，这就是成熟。成熟的人不会随便玩儿割袍断剑，只会带着微笑慢慢疏远，直至远到再也看不见。因为成熟的人懂得，得罪小人是非常危险的事情，与小人说拜拜不容易，只能是敬而远之。

你肯做蓝天，白云才会陪着你，你肯做骑手，长路才伸向远方，你肯做好人，其他好人才会围过来。不要抱怨你的周遭全是坏人，你的周围都是暗器，你眼里的世界就是你的圈子，你的圈子如果充满狰狞和惊悚，说明你也是个不折不扣的混蛋。

善良，在很多人眼里是最廉价的优点，貌似谁想有谁就能有，谁想善良就能善良得成。其实不然，某顺集四十多年人生经验尤其是近十年的人性探索，发现善良实在是非常贵族的一种品质，多数人并不真的拥有善良,而只能“相对善良”。所谓“相对善良”，即，与他无关时各种大话套话豁达话，与他有关时立刻露出獠牙伸出黑拳现出歪心眼。而且,装善良已成当下风气,最常见的“善良人”是这样的：他会当你面施小钱给乞丐，并谆谆教导你要有同情心，但他坑害同行时的狠辣手段，是你无法想象的卑鄙下流无底线。善良也不是见了猫狗都抱抱、看个肥皂剧都流泪，善良是始终有原则，不做损人利己的事、不故意与人添堵、不允许别人害人;善良是别人有难时能主动伸手,不落井下石、不欺凌弱小、不口是心非。善良真是不容易做到，就算大众点评是“最大缺点太善良”的某顺，也只能努力靠近善良，而不敢自诩绝对善良。

舍得扔旧衣服的女人，本该舍得扔男人，如果她不肯扔男人，只有一个原因：这男人从来没有让她感觉到完整地属于她。人就是有这种怪癖，能把握的，知道以后随便还能搞到同款同质的，就不可能珍惜了。连歌里都唱："新鞋子还没有缝好以前，先别忙着把旧鞋子扔"，可见女人不肯扔男人，哪怕她是再潇洒的性子，离不开对她不好的男人，只是因为那双新鞋子还没出现。

需要抉择时没有不疼的，毕竟非得在两难中落槌一个。若都是好事美差，不过是优中选优而已，会轻松很多，倘使要在不忍不甘中挑一个，则是两害相权取其轻，横竖都难受时还得比较出不太难受的那一个……这考验的何止是感觉，还有三观和逻辑思维能力，一般人正常时候都解决不了的问题，何况紧急关头。所以很多妇女面临选择时会来找某顺要主意，某顺都只是给她们分析各方面利弊、预测各种方案后的未来可能，某顺是不会轻易告诉她“你必须怎么做”的，某顺只会说:“你自己决定吃哪种苦？”虽然有的咨询者不满意这样不确定的答复，但某顺以为自己是为当事人负责了：你的人生必须你自己做主，作为咨询师某顺只能帮你理清现况，某顺不会替你做主，这不仅是防范被你事后赖上，更是想你能自己决定命运的走向。从辩证法看，任何抉择都利弊相依，所以即便你选了眼前弊大于利的方向，未来也未必就是一塌糊涂，万一时境改变，你不小心蒙对了赌着了呢？某顺乐意看到你们都是幸运的小概率，听不听某顺的都无所谓，重要的是你们如愿以偿。

你生存的这个世界有两个模样，一个是你努力相信并努力维持的，一个是你十分嫌恶又无法回避的。你努力相信并维持的，是你的世界观所确定的理想，好不好另说，至少是你认为合适你的；令你嫌恶又无奈的，是你的价值观所排斥的现实，它能映照出你衰败脆弱的一面，它其实更加适合你而你毫无察觉。每个人都活在事实拥有和想象拥有的二维空间里，你看到的自己和别人看到的你会有相当的差距，别人未必真看得清你，你也未必能够自我把脉准确，因此，兼听则明是没错，但四处乱求医就可怕了，要知道这个世界游走着很多半瓶水瞎逛荡的庸医，他们只会让你更糊涂、更迷茫。

人生的路上，你会有很多旅伴，有的人会陪你很长一段路，有的人只是出现片刻就消失了，大多数人是注定要和你擦肩而过的，只有很少一部分人会在你的人生路上留下踪迹，所以，你要是在意每一个短时瞬间陪过你的人，你就无法轻松愉悦地继续前行了。那些刚开始信誓旦旦要陪你走到底，后来却轻易毁诺轻易分道扬镳的人，只是和你三观不一，人们没有完全一致的立场和原则时，就不可能相伴一生，即便暂时因为利益纠缠在一起，也会很快再因为利益各奔东西。也所以，原谅离弃你的人，其实是解救自我的不靠谱依赖，是亡羊补牢，世上没有什么事比与虎谋皮更可怕了，你要求不是一路人的人陪你走得越久，你因他吃的亏也会越大。更所以，那些主动离开你，并在离开之后就再也不议论你长短是非的人，都是人品大好的另类，请给他们点赞，并在合适机会给予他们厚德的回报，如果你的一生有很多这样的同行者，说明你做人是成功的，连志不同道不合的人都愿与你相安无事。

聪明＝懂得＋明白。聪明是这样一种东西：你的一句话和一个举动，他都知道你的目的和动机……聪明人的眼里没有不解的事，聪明人的眼里也没有任何复杂的问题。聪明人不会因为看出了你的真实面目就揭穿你，聪明人喜欢带着似是而非的笑容看你继续表演，甚至还会帮你把戏演得更加煞有其事，因为聪明人懂得让你占上风，就是让你继续傻的最好办法。聪明人很乐意让你觉得他已被你玩弄于股掌，吃亏不在眼前的古训是聪明人衡量得失的原则。碰上聪明人是你的运气，因为聪明人不会用拙劣的手段坑害你；碰上聪明人也是你的悲哀，因为你翘翘尾巴聪明人就知道你要放什么屁。在聪明人面前你胜利的唯一可能是他让你赢，在聪明人眼里你有人样的唯一途径是老老实实。

要求男人听话，就不要指望他有钱，有钱人不论男女都财大气粗，都不会始终听你话，除非他追求你时会假装顺从几天。要求男人温暖，就不要指望他只温暖你一个，暖男从来都是对谁都暖和，尤其喜欢温暖还不属于他的女人。要求男人能挣钱，就别再幻想他还能给你做饭，一个人的能耐和精力都是有限的，顾了这头就顾不上那头也是正常的，如果又能挣钱又爱做饭，他的职业只能是大厨。要求男人只爱你一个，就不要让他住在城里，最好带他遁迹深山老林，且断网断手机断交通，他只能看见你一个女人时，他就只能爱你了，否则你就是故意为难人家。

不常用的左手也很重要，不十分满意的爱人失去了也会痛苦万分，因为，你以为你可以没有他，其实你完全不能没有他。

女人们要知道，最疼你真疼你的男人一辈子只有两个：一个是你亲爹，另一个是你亲儿，这两人在关键时刻一般会拿自己的命换你的命，其他男人一般不会对你这么仁爱，除非意外。血缘的力量是可怕的，是人性不能突破的，所以，你幻想这个男人有多爱你，不如幻想他垂涎你的身体，没血缘的爱都是转瞬即逝的，不承认这个你就且等着失落伤怀吧。

活到老爱到老，有难度，因为你越老越不信任对方的誓言和你自己性欲之外的感觉。

你追求爱情时，一般只能遭遇奸情，因为你被一厢情愿的爱情糊住了双眼，无法辨识对方的真实需要。你忽略爱情时，也只能错过爱情，因为对方很容易发现你的玩世不恭，即便曾经爱你也会迅速转舵，人们都恨不珍惜自己的人。爱情只能和淳朴的人要，跟狡诈的人只能要来备胎待遇；爱情只能给忠诚的人，跟水性杨花的人只能得到背叛和欺骗。

有种人习惯了装流氓，表现是嘴巴里跑火车，行动上老派到要死，是言不由衷的典范。还有一种人习惯性装正人君子，表现是连脏字都从不说一个，背人处是各种男盗女娼，是心口不一的楷模。还有一种人装流氓不像，做流氓无能，他们只好以中庸的态度嘲笑下前者，再讨好下后者。这种人是世间最可恶的一种，因为他们的原则是随时摇摆的，谁能保全他的利益他就靠近谁；没底线不可怕，始终防着点儿便好，可怕的是底线随时调整，让你搞不清该用什么方式与之相处，你稍微一松懈，就会被这种一会儿人一会儿鬼的家伙坑害。

你总是想不通怎么会有那么烂的人，你总是想不通烂人怎么就那么没底线。其实这是你的错，要知道造物主制造各类生物时一定是要有阶级有层次的，不然生物链都在一个高度上，谁吃谁？谁又养谁？正是因为有了高低上下贵贱优劣的不同，生物链中各阶层才能得到来自下方的滋养，有向上付出的必须，就连蚊子都不可或缺，你想想你的周遭哪能少了各类烂人？所以，就容忍冒犯你的人吧，就当他只是一只想变成战斗机的蚊子，你一巴掌拍死它倒是省事了，可是你让蜘蛛蝙蝠吃什么？又让青蛙蟾蜍吃什么？点上蚊香，挂上蚊帐，熏走它即可，把它送给拿它当口粮的益虫吧，杀鸡焉用牛刀？

他做得我说不得，这是国人的操守观；他做了也永不承认，我说了就是太流氓，这是国人的道德观。集体伪装的世界不需要真善美，只需要佯装贤良淑德和传统稳重。然而，总要有人说真话、做实事，揭开皇帝新衣的小孩不是胆大纯真，而是他真不懂得他会叫多少人难堪。所以，你可以选择继续一边浪一边装正经正统正派，我也可以选择继续一边浪一边说浪得有理。

要想人前显贵，必得人后受苦。这是老祖宗留下的鸡汤，正确到令人发指。但凡能找到迟到理由的人，将来都成不了大器，没有例外。堵车？你不会把堵车时间算上，早走一小时？太累了、睡过了？等你自然醒时你的竞争者已经让你追不上了。人生没有后悔药吃，就在你宽容自己的那刻，你已放弃了走到队伍前列的机会，以后你就不要羡慕嫉妒恨永远领先你的人了，就甘心领受你落在后面的各种待遇吧。

某顺多年前写过这么一句：道德只能用于律己，而不能用来律他。但迄今看到的现实依然是大家都“宽己薄他”，最常见的现象：看到有人在公众场合抽烟，人们立刻网上网下讨伐他，此讨伐有错吗？貌似维持公序良俗的行为，当然不算错，但讨伐者本人是一个什么状态呢？他只是在公众场合没抽烟而已，但他衣冠不整，他满口脏话，他趿拉着拖鞋，他随地吐痰甚至往绿化带里撒尿……如今高调维护所谓道德的是一群烂得不能再烂的社会渣滓和流氓无产者，照别人时用放大镜，照自己时用缩小镜，且尤其擅长鸡蛋里找骨头，践踏别人以求抬高自己，如此“大法官”遍地皆是时，人间还像个什么样子？在所谓民主口号下由劣等人群控制话语权，会比封建专制还可怕，因为那将是一个黑白混淆的世界。

经常有人问某顺还相信爱情吗，意思是某顺都看那么多奸情了还怎么相信爱情呢。可是某顺心里一直有美好的爱情呀，爱情经常被某顺欣赏到，看到年轻的情侣相依相偎，某顺会由衷地感谢爱情，看到年老的父母靠在一起看电视剧，某顺也会由衷地赞美爱情。爱情不是非要发生在自己身上才配叫爱情的，爱情也不是白头到老后才配让你重视。爱情随时会光临，只是或长或短，或苦或甜。短也好，苦也罢，你享受了就是爱过了，何必计较得失与是非，何必在意结果与未来。

高瞻远瞩和深谋远虑，是中国人习惯的生存方式，貌似不把一百步之外都想到，第一步就走得很不负责。然而，这是一个日新月异、瞬间就能改朝换代的当下，昨天我们还在说“拥有东芝拥有世界”，今天我们已经完全不看电视了，有几个零零后孩子还能知道东芝？和东芝一样快速消失的知名品牌与传统行当还有很多，不管是企业还是个人，你若还是一个理想计划并追逐二三十年，你就指定要被时代活埋了。所以现代人可以安心做寒号鸟了：等冬天来了再备寒衣吧，因为备早了八成会多余，如果到那时你去了赤道或有了轻而省的新材料呢？别说没可能，如今一切皆在变化中，世界正以你想不通的速度变成另一个样子，所以，且走且琢磨、不做长远打算，是你最好的选择。

落难时被人踩是正常的，因为人性本身就是骑墙派，欺软怕硬是多数庸人的特点，所以落难或还没雄起的你，面对来自周遭非敌非友者的踩踏，要有平常心，即便决定将报复进行到底，也不用表现出来，你要相信地球是圆的，谁都有河东河西的命运，你且安心等待你的转运，尔后看心情收拾那些辜负你、侮辱你的墙头草。切记：你所遭遇的一切，皆因你不够强大，所以你想万众附和你，你只能比万众更努力。

不要把男人不当人。记住，男人真是人，人有的一切性情男人都有。女人你也是人，你想想自己都有啥毛病，仔细想，你是不是见利忘义，你是不是朝三暮四，你是不是守着自己的男人想着人家的男人，你是不是饱暖思淫欲，你是不是能躺着就不站着，你是不是……真的，你有的毛病男人也都有，就因为男人也是人，你想男人不具备人的毛病，那还是把你男人变成一条狗或一条鱼吧。

真正的爱情是离不开性的，因为有对对方身体的向往，有与对方合二为一的冲动，才使得双方情感浓郁胶着。待到了兴致寥然之时，你对他的爱情也几乎消失殆尽，彼时就算你还不舍得离开他，也不过是暂且离不开他带给你的习惯或利益。爱情其实就是欲望的幌子，一句“我想要你”，胜过一万句“我心里有你”。嗯，我心里有很多重要不重要的人，但我想发生密切关系的人是你。

怕离异这身份，是很多女人不肯放弃婚姻的主因。探其深层动机，无非是觉得“离了婚自己就是没人要的女人了，会孤苦伶仃”。这样的女人往往不离婚也没人要，因为她们不尊重自我的权利，不懂得自由的价值。自我和自由，是这世界最美好的两样东西，没有自我的人即便靠着金山也不会有安全感，没有自由的人即便睡在天堂也不会有幸福感。哲学家说我们无法叫醒装睡的人，某顺说她无法叫醒装没能耐的女人：其实你离了法定男人真得可以越过越精彩。

婚姻制度是反人性的，因为我们相爱的时候就想粘在一起，移情别恋的时候就想早早分开，如果婚姻容易进却不容易出，我们的爱情就没法舒展：新爱已经到来，旧爱却困住了我们的身体，此时除了出轨还能怎地？此时除了痛苦还会怎样？泸沽湖的走婚在形式上是自由的，其前提是女人有决心自己抚养孩子，且家里还有帮她养孩子的别人的男人——如此看来，确保爱情至上的前提是，女人够强，且还有制度福利的支持。

成年人的游戏是想热闹就热闹，想独处就独处，所以需要朋友，更需要有距离的朋友。有的人因为不懂距离的必要性，会觉得人家高冷孤傲，对他不如他对人家好，其实人家只是想跟他有个不会翻脸的距离。离太近容易互相刺伤：成年人的最大特征是利益式社交，如果离得近，很多该说的“丑话”都可能因为距离近而不好意思说，或以为对方明白就疏忽了表达，一旦发生冲突，两人立刻翻脸，俗称撕逼，很不好看。为避免撕逼露糗，还是都离远一点好，还是保持君子之交好。君子之交是能淡出水的，你受不了这寡淡，你就无法做君子。

转角遇见爱，是美好的期待，也是不靠谱的梦想。转角一般藏着魑魅魍魉，躲闪都不及，岂能随便爱。但人们极其容易把妖魔鬼怪当成男仙女神，于是乎一段又一段的奸情像爱情一样开始招摇。

完美是不存在的，你只能让自己的瑕疵不再扩大，你只管相信爱你的人也爱你的瑕疵。

能始终不后悔投入，能始终不介意背叛，能始终不畏惧挑战，能始终不幻想奇迹，你就所向披靡了。

爱情总是让人惦记，没爱的时候感觉自己像个孤魂野鬼，有爱的时候感觉自己幸福得天下无敌，事实是没爱时你仅仅在修养生息，为的就是等到下任出现你能如火如荼。能够追忆的爱情很少，多数的爱情都是事后羞于提起——没错，当时你以为是爱情，过后看还是奸情，那些当时和后来都确定是爱情的爱情，你一生最多只能遇上一次。

拉着男人一起旅行，是了解他品行和能耐的最好办法，尤其是七天以上的旅行，时间短的旅途他还能装几天，过了七天呢，人的精神都松弛了，各种本相尽露。而且考验男人的旅行最好绕开已经成熟的经典景区，绕开交通发达吃住容易的城市，只有上难度和上操心度和疲劳度的旅程，才能考核出这男人的责任心、全局观念、靠谱程度，和对你有多在乎。那些出门前让你准备路书，让你订机票酒店的男人就 pass 掉吧，因为他即便因为忙才委你重任，以后你们真到了一起，什么也指望不上他的日子，你还能多快活？那些出门后要你排队取票，要你问路，要你和房东车主店家讨价还价的男人也 pass 掉吧，女人找男人是为找依靠，不是为多个拖累的。那些旅程中这也不吃那也不想吃的，还有动不动沉着脸不知在想啥的男人当然得 pass 掉，因为他连入乡随俗适应环境的素质都没有，他怎么可能应付得了生活低谷？那些在旅行中不停抱怨的，甚至一点小争执就赌气先撤的男人，也要 pass 掉，因为他们充满了负能量，绝不是好的伴侣选择。Ps：一趟旅行能看出你和他是否合适，一趟旅行能让你和他从此陌路或迅速火热。和有趣有品的人一起走，即便景色一般，你也兴致勃勃，若反之，再好的景色也会让你归心似箭。

一般人们心里都有个“原谅是美德”的糊涂概念，以为辜负或欺负过自己的人以后会反思反省了，会以正确态度对待自己了，人们总是一厢情愿地认为，他应该能知错就改的，知错就改的还是好同志，所以我得尽释前嫌，努力忘记他过去给我的伤害。殊不知多数的辜负欺负都是故意为之，都是看人下菜碟，都是认为你只配享受他的辜负欺负，就算他不愿承认这一点，他的潜意识也是轻视你之后才促成了他对你的鄙薄羞辱，而这一切都来自他的价值观，即，他认为他根本不用讨好你，你不配让他束手束脚。所以，辜负欺负过你一次的人，往往还会辜负欺负你更多次，假如你始终离不开他，你就要始终被他辜负欺负。所以，你一定要把辜负欺负过你的人从朋友名单里划掉，远离他是最靠谱的做法，永不原谅是最安全的抉择，别听拜菩萨的人胡扯什么大爱无疆，即便佛祖也会收了犯错的神通永远踩在脚下来惩罚他。

认为自己“还不错”的女人实在太多了，她们一般会用“谁谁比我还不如她都找到了什么样男人”来激励自己的挑剔。按说找伴侣本该挑剔，完全不挑嘴的那是饿死鬼托生，但是，如果你只有 3 分，你偏当自己是 5 分甚至 7 分的话……某顺有句话说了很多年，“照镜子、看身份证、数银行存款”，但多数女人是照美颜相机、看对方的身份证、数对方的银行存款，这就没法预测将来了。某顺搞女性魅力提升班，多数妇女是支持的，嗯，她们支持其他妇女来上课，没错，她们从不以为自己才需要提升。人性的又一个特点就是：认为别人都不如我，如果有比我强的，那也是他祖上传下来的，和他本人无关。

你靠近哪个圈子，你就是哪个圈子的人。靠近底层是底层，靠近智障是智障，靠近学者……你至少也是准学者了。真的。圈子的重要性在于纳同拒异，龙蛇混杂的情况只存在于无限放大的大环境，相对局限的小环境里还是志同道合者的天下。所以，想知道自己的社会属性，就看看周遭的朋友都是些什么人，想了解别人的品质档次，就看看他身边都围聚着什么货。某顺从不相信一个融入了下三滥团伙的人会有出水芙蓉的自洁能力，就如同不相信一堆烂肉里还能翻出可口的牛排，人是有三六九等的，你的站队昭示着你的等级。

最好的距离是一人之宽，太近会有压迫感，太远会有无法掌控感。最好的男女关系是你想要的也是我想给你的，如你想要的我给不起，或我想给的你看不上，我们很快就会分道扬镳。最好的结局是由情人变成友人，爱太狠会受伤到反目成仇，爱不真会遗憾到失落后悔，这两种人都再也做不成朋友。

破镜重圆是容易的，只要你肯回头。但回头后那先前的矛盾居然还在，你们也只能破镜再破。为什么能回头却解决不了过去的矛盾？因为你们之所以曾分开，就是矛盾无法解决，而矛盾一般都来自三观，不可能因为你们分开过，三观就能被修正。

祖宗说“人不可貌相”，某顺说“人必须貌相”，一个人给你的第一眼如果是忐忑是怀疑，你就千万相信你的直觉吧，这其实是老天给你的预警，老天要你离他远远的。很多人因为不重视自己的直觉，交往了不该交往的人，后来就会让自己陷入不必要的麻烦，痛并悔并恨到很久后还难平息，这种情况从来不鲜见。貌相不是要求对方花容月貌，而是捕捉对方是否有害的信息，不善不仁的人是会挂相的，将来对不起你的人也是会挂相的。

相爱，就是互相爱、同时爱，若不能互相爱、同时爱，你的爱还是收收为好，不然你注定要难过、要失态。能互相爱、同时爱的机缘不会很多，多数情况下会有节奏的不一、步伐的错乱，所以一旦发生对眼（一见钟情）和共振（同心同德），你要珍惜。当然也要区分你们的对眼和共振是虚妄的幻觉还是靠谱的真实，鉴别手段为看自己和对方都愿为这份感情付出多少。

社交媒体上的言论自控，反映了一个人的素质问题，有的人真是智商有问题的，和他熟不熟的人，他都要调侃逗哏几句，且言辞张扬龌龊……如此不尊重对方感受也不给自己留面子的习惯，只能叫对方屏蔽拉黑你——表面看你是享有言论自由的，但在别人地盘故意恶心别人（若你自己还不以为然，那人家就更该把你赶走了，道不同不相为谋嘛），这种人与鲁迅主张万勿接近的那种“损着别人的牙眼，却反对报复，主张宽容”的小人有甚区别？你在你家咋样流氓都好，一旦走上大街甚至进了人家的厅堂，就还是规矩点、有点人样吧！

今天扫到的一帖说，男人的爱情只有仨月，能坚持半年的都是人品好的。某顺也说过相似的话，不过某顺说的是“人的爱情”而非“男人的爱情”。作为两性关系研究者，某顺始终坚持男人常犯的错也是女人不可避免的问题，水性杨花是动物本能，女人男人身上都有一样的本能，只不过男权社会里的女人作为弱势有申告控诉的优势而已。其实，女人的爱情能坚持仨月也不错，仨月后你口口声声还爱他，不是因为你的爱情还保鲜着，而是因为你习惯了有他，且有吸引力的下家还没到位，你用“必须专一”宣扬自己是一个有操守的人……如果这个世界的风评舆评都是对你网开一面的，你将和你唾弃的“那些男人”一样，完全没节操就是你的节操。

利用与被利用，是社交活动中的主流。我们接近一个人，总是因为这个人会带给我们需要或重视的某种东西，而不会因为这人将是我们的负担就吸引我们靠近他的。这是人性，你理解就好，不用再质疑他的目的，至少你对人家还有利用价值，否则人家都懒得搭理你。本来社交活动应该是一个你帮我我帮你的正循环结构，但有些人不懂事，只想你帮他而他根本不想回报你，如此自私的人，当然只能越走越远，直到远成孤家寡人。

花儿衬在老墙前，才分外美丽，因为对比鲜明；美人衬在老头边，才分外神奇，因为对比鲜明；晴天衬在梅雨季，才分外难得，因为对比鲜明；痴情衬在无情中，才分外婉转，因为对比鲜明。没有对比，你感觉不到美好，你无法珍惜拥有，没有对比，你以为你的世界只是你的，其实不然，你的世界还有衬托你的他们。

一天过去，你的人生就少了一天，你现在是不觉得少了这一天有什么大不了，但终有一天你会为了多活 24 小时而拼命挣扎。

爱有两种：一种是你必须和我在一起，一种是你可以去你想去的地方。第一种是占有欲，是霸道的爱，后一种是菩萨心，是成全的爱。多数人做前者，少数人修后者，前者不用费力，后者需要控制自己，因为自控是很难的一件事，所以大家都愿意随着自己的性子来。但是，他要一个苹果，你硬塞他一筐梨，只能换来他发自内心的抵抗和排斥，不如就“我没苹果，我送你去找有苹果的人”，如此看着是哀伤，其实是幸运：你总算把自己从不爱自己的他那里抢回来了。

你以为你了解他，因为他一直表现尚可，你错了，你们只是没有利益冲突，不然你对他的看法肯定是另一个样子，你一定会说“知人知面不知心”。你以为你和他是朋友，因为你们相处一直和谐，你错了，你们只是没有感情纠葛，不然你对你和他的关系会有另一种判断，你一定会说“痴情总被无情伤”。

是不是你的菜，尝了咽了才知道，光看外观很难判断。当然，至少有一半菜是看看外观就知道绝不会合口了。

你爱一个人的时候，容易犯意淫症，特点是把他想成高不可攀的另一个人，或想成非常受异性欢迎的又一个人，所以你拼命对他好，你努力迎合他，就怕他看不上你，或被别人抢走。一旦他流露出看不上你的意思，或真被人抢走了，你的痛苦就无法压抑了。其实要不了多久你便会知道，他真没你意淫得那么高大上，你们能到一起，多半还是因为你们棋逢对手，既如此，你紧张什么，又难受什么。放松，放松就看清他和你自己了。

两个人都怀疑对方是不是自己的归宿时，会一面拼命维护赞美这段关系，一面又想着法子无事生非地“考验”这段关系，如同一个不能吃辣又特别嘴馋的人，一面惧怕辣椒让自己再难受，一面又妄想身体已适应辣椒，结果是他直觉中的悲催以加速度出现，他自己也不明白他干吗要把终点线从 100 米处挪到 70 米，是明了必定会结束就不想跑下去了，还是特别想趁早新生？顺其自然，这种境界可不是人人都能有的，多数的顺其自然其实是想咋作就咋作，貌似与天斗也与人斗才其乐无穷。

作为有些阅历与受过情伤的人，你以为你现在只想要一个爱你的人，只想要一份能稳定相守的感情，其实不然，你在遇见那个爱你的人时，你依然会挑剔他，依然会忘了你的初心，你还是不在乎爱你的人和能稳定相守的感情，你的内心还是想要你爱的人和波澜起伏的浪漫。你嘴上说的，心里想的，实际做的，都不一样，如此口是心非的你还怎么如意啊？你活在纠结矛盾里，自然也必须是不快乐的。

活着，对于草民来说是很难很累，但，你也许从没有想过，你活得这么难这么累，与你自己对这个世界的贡献有关。你不说真话，你习惯了装瞎，你懒惰还嫉恨勤奋的人，你甚至以破坏秩序损人利己为得意事……试想，若你身边都是你这样的人，这个世界还好活人吗？能苟延残喘都不易。做一个不能说真话就宁可闭嘴也不说假话的人吧，做一个肯挺身而出仗义直言而不是事不关己就高高挂起的人吧，做一个自己肯努力也高兴给别人的努力鼓掌的人吧，做一个能推己及人相信因果报应并恪守法律道德底线的人吧。你努力做一个好人，你才会融进好人的圈子，你才能感受到来自社会大家庭的温暖。这个世界本来就是由无数个“我”组成的，若无数个“我”都不像样，很难想象会有一个像样的大环境。我为我们负责，我们为我撑腰。

有个女人问，怎么才能让老男人既帮我，还无法揩我油？某顺答：不让他帮你了。她说必须靠他。某顺说那就任他揩油。她说不能接受被他揩油。——世上的贪心都是这样的，只强调需求，却不想付出，而明道理潜规则都说交换是必须的，你摆脱不了还妄想控场，岂不是做梦。不如劝劝自己：要么利益，要么操守，任选其一。选了哪个之后都不要再患得患失，因为你选择时就注定了你已经放弃了原则。

幸福不幸福，看你所在的位置。过低或过高，你都看不到现实的冷酷阴暗，你都会自得其乐。只有不高不低，正好与丑陋与阴霾短兵相接时，你才悲愤不已、难以喘息。

拿心换羞辱的时候总是有的，不赖对方狠，只赖你找错对象抒错情。某顺曾说，这世界不是你辜负我，就是我辜负你，所以你这边折戟那边还能扬眉，总体而言你所受的待遇还是平衡的，就不用在被羞辱时火冒三丈了。

中国的中年男人找女人，主要看岁数，次要看脸蛋，其他基本不看。如果他 50 岁，他只想找 35 岁以下的女人，如果他 40 岁，他的主要目标是 25 岁以下的女人。你不要替他担心再过十年二十年怎么办，不要担心小女人到了如狼似虎的年龄，他是不是能接受一顶又一顶的绿帽子，老小子其实是不愁未来的。鉴于城市人群中老龄男人比老龄女人死得快，他完全可以在 70 多岁时放手小女人，再抓一个与他差不多岁数的健硕老女人，人家还能给他做饭做伴，彼时他只需假装通达地接受对方的儿孙经常出现在他眼前即可。中国当下男人的档次，是 5000 年历史最低，这句话某顺 10 年前就说过，现在也不准备修改。

只能往前走的路是单调的，也是令人担心的，人们总想有多种选择,有备选出路,这条路走不通就再换一条路走。因为有的换，前进动力才不够足，容易半途而废，容易朝三暮四，如此离成功自然就远，老天很少给我们不劳而获的福利。而没有其他路可走的人，不得不背水一战，不得不逼自己无限强大，不得不让自己专心致志，执着和坚持才是成功的保障。你能走多远，与你出的汗成正比，你能否一直向前，不朝两边看，关系到你抵达终点的时间早晚。

旅行是一个认识世界和认识人的机会，总是会在路上和一些陌生人相遇，有些人能让你心烦意乱，另一些人则会使你温暖喜悦。和有缘人做有情事，是个梦想，只能顺应天意，碰上谁都当是自己的人生必修课。那些让我们不快的人的出现，磨砺了我们的意志，增大了我们的耐受性，从长远来看，他们依然是我们前进的助力。

犯贱是女人的毛病，但这毛病是间歇性发作，不会时刻始终的贱。女人动心了，对这个男人就忍不住犯贱，主要特征是像他妈一样包容爱护他，以他的喜好作为自己的价值观和行为指南；但再爱也会萎靡，再贱也会歇菜，一旦某天这女人开始移情或别恋，甚至是伤心，她的贱病都开始慢慢好转，她不再唯他是从，不再一味委屈自己讨好他，直到对他彻底无动于衷了，她的这一期贱病就算痊愈了。女人稍事休息，又开始了下一期贱病，对着另一个男人继续犯贱。

撩妹是男人的毛病，犯贱是女人的毛病，男人对哪个女人动了性欲，就开始撩人家了，过去撩一般是用献殷勤之法，现在撩则多是拿嘴聊，所谓扯淡是也。所以你若发现某男特爱跟你说话，他应该就是准备追你了；如果你发现某个男人理都不屑理你，且十分吝啬他的语言，可别以为他很忙或他忒端着，嗯，他就是不想和你发生关系而已。

一个人在你心中所占位置的轻重大小，主要跟你对他的误解相关，有时是你十分不认识他，有时是你十分不想承认他，但不管是不认识还是不想承认，随时间推移，他把你不想看到或内心期待的事情都一一做了，他也就从神落到了某人，或从某人攀升到神。被伤害是因为你看他太重，被温暖是因为他看你很重。

很多意外都可以用“天注定”来解释，成事在天、谋事在人，谋不到就算了，不如意就忘掉，不如此还能怎样，总不能从此就不过生活了。老天不成全，你纠结痛苦又有什么用，只能握紧还在身边的手，让自己不至太凋零。

谁都想自己被人理解，因为有理解才有支持，但有时连你最亲近的人也不理解你，怎么办呢？如果你是一个志在必得且吃得了苦的人，哪怕天下人都不理解你，你也会坚持下去，而坚持往往就是胜利，等你赢了自己的苦闷也灭了所有人的怀疑，你就成为传奇一样的华彩篇章，被当初不理解你的那些人颂咏传播；如果你是一个缺乏自知也缺乏眼力的人，天下人的不理解就等于对你一遍遍的友情救赎，你一次次忽略忠言逆耳也是一步步远离成功，最后你会非常难受地发现，你失去的并不是别人的支持，而是你的生存能力。

缘分是什么？是一个软卧包厢坐一天彼此都不开口说一句话，是人群中看了他一眼就开始天南地北地追寻他。有的缘分是融合，有的缘分是疏离，爱你的人都努力挤到了你眼前，不爱你的人都拼命甩掉了你。有些缘分需要分手后很久才能意识到错过可惜，有些缘分需要在一起很久才能明白你命该如此。缘分是走来走去他还在你的朋友圈里，缘分是想他念他可他始终不正眼瞧你。你可以把一匹马牵到河边却无法使它喝水，牵到它，是缘分，它不喝你的水，也是缘分。

你为我挠痒，我就骑到你的头上。原因无他，我知道你对我掏心掏肺，我就不拿你当回事儿。也有骑到我头上的那个人，我也为他挠过痒，所以你我都不用耿耿于怀，我们都有不能触碰的伤心。这世间就是没有办法控制每个人的任性，于是乎我们彼此辜负又彼此背弃，最后都因找不到突围的出路，而死得很难看。

自己的孩子和男人，是最不能吹嘘的两个人，但凡你敢吹他们，他们就能叫你无地自容。

你心疼一个人的时候，是你爱上了他；你不断原谅一个人的时候，是他控制了你的心魄；你走了老远又跑回来抱住他的腿，则是你上辈子欠了他人命了。

以为今天和明天会有不同，但明天到来又是一个今天，如果你不从今天就坚决改变，等无数个明天过去，你还是在原地踏步不前。必须从今天开始，必须从现在开始，不论做什么，不论去哪里。

鱼儿回到大海,鸟儿回到森林——据说这是自由的最高境界,但不是人人都喜欢都适应此等境界的自由，因为，很多鱼儿已经不敢去大海里扑腾，很多鸟儿的翅膀已经退化。想让鱼儿重新遨游大海，想叫鸟儿再次飞进森林，得砸鱼缸，得毁鸟笼，没了退处不管鱼鸟都只能前行。从此乘风破浪，从此快意余生，从此精彩动人。

你以为已经没有出路了，你指望的人都抛弃了你，你想走的路都被恶人挡着，你能看见的前方没有一丝光亮，这时候你能怎样？叫苦没人疼，喊累没人帮，你除了咬牙自己撑下去，别无他法。不要真以为这就是你的末日，柳暗花明又一村不仅仅是诗句，更是现实，黎明前的那一刻伸手不见五指，但眨眼之间，你就能迈出黑暗，跨过绝境。所以如果你现在还没有起色，只是因为你还没到触底反弹的那刻，再忍忍，天就要亮了。

放不下有一千个理由，放下只有一个理由：死心。你放不下只是因为你还没死心，你没死心时会觉得放下是无法办到的，但死心往往在刹那发生……那一刻你突然死心，然后就一下子放下了，再然后那个人从“杀千刀的”变成了路人甲。你恢复单身后才会懂得，之前的放不下，实在是太抬举他了。

坚持是很难的一件事，坚持需要克服惰性，还需要克服执拗，更需要克服习惯，每一个克服都是跟自己斗，都是为难自己，岂能不艰难。但是不坚持，情况只会更坏，要么前功尽弃，要么覆水难收，要么败于垂成，所以你也只能坚持下去，坚持到所有同行都放弃之后，你才能够得到你想要的结果。

如果男女之间没有肉体关系，他们翻脸的概率基本不存在。男女尤其是女方能只谈欲望不谈感情，他们翻脸的概率也很小。如果女方投情而男方应付，他们早晚要翻脸，且翻后永不来往。如果翻脸时已割袍绝交，后面又遇见又做了普通朋友的，说明女方已经完全不在意男方了。所以，男女双方能否和睦相处，全看女方爱不爱男方。

你认为跨不过去的沟，其实并没有那么深、那么宽，你一再说你跨不过去，其实是你打心眼里以为跨过去也不会开心。但你还没有试试跨过去呢，你怎能知道跨过去的容易和跨过去后的舒坦？试试跨过，试试放下，试试从头再来。从头再来并没有你想象得那么可怕，因为只要你跨过去，你就已经是个不同于过去的真正刚强的人了，刚强的人从来输不了。

毕姥爷的事情告诉我们：有超过两人的地方，都算公众场合，不管网上网下，都得管住嘴；很多饭局不能去，因为陪吃的人中至少有一人是不配跟你坐一张桌子的（他将来会出卖你，或放火烧你）；聚会饭局中如果有人偷拍你，你一定要把他手机拿过来删除拍摄内容，因为你不知道你的仪态在对方手机里是否端庄优雅，更不知道你当时所做的事所说的话哪天会成为“热门丑闻”。还要记住，这个世界尤其是中国，还是喜欢人斗人的，所以即便你信任所谓朋友，也别把你的隐私展现给朋友。

有时候好像你会被天下人误解，怎么办呢？随便。天下人都不懂你时，你还有一个忠实的朋友，那就是你自己；天下人都冷落你时，你也不能冷落自己，否则你就没法活了。我们还要努力地活，越活越精彩才成，唯如此，那些不懂你的人才会重新打量你，才会给你公平的待遇和评论。

因为可怜她，某顺希望自己能帮她一把，也许这个难关过去，她就能积极乐观些，不再怨天尤人。某顺不是生意人，学不会在商言商，但某顺清楚一直盼人帮而没人帮的那种失落是有多么伤心，某顺宁可给自己留个以后的麻烦也要先帮帮她，为让她现在不再伤心。这个世界有温度的人很少，某顺愿意一直力所能及地给靠近某顺的人以温暖，最后若翻脸那也是缘分问题，和某顺现在的付出无关。

想到的事，和突来的灵感一样，都得快速去抓住、去实施，不然“闲了就怎样”的那些打算，会在真闲了之后根本想不起或不再感兴趣，很多好创意好计划就这么随风而逝，可惜。但立马变现的果断和利索又不是人人都能有的，而且有时候及时兑现想法，还会有考虑不足、不好收场的后果，所以，灵动和稳健是一对敌人，要稳健就放弃说风是风说雨是雨的活泛风格，要灵动就不想后果将来之类的问题，“世间安得两全法，不负如来不负卿”。

你低谷徘徊的时候，最想要的是谁能拉你一把，但这个人一般不会有。并不是每个人都能遇见贵人，你拉人家的机会倒是经常有，你也不会每次都伸手，因为每个人都有一杆秤，一边掂量对方值不值，一边顾忌自己累不累。所以低谷徘徊的你，还是别想人家的相助了，就自己努力往上爬吧，就自己想法救自己吧，遇到贵人是你的福气，遇不到贵人是你的命运，你的命运真的就要你自己承担和领受。

某顺玩水果连连看，到了 147 局卡住了，已经卡了好几天。之前的某一局也曾卡了好几天，所以某顺不担心 147 被攻破，只是早晚的事就不用急，不过是费些功夫费些时间。这个心得某顺要分享给你们：你觉得难？不，你只是没找准关键步，那步踩到了就呼拉一下全开了。当然找不到关键步可能是因为你能力有限，或眼力缓慢智力迟钝，但多练练就熟能生巧、所向披靡了。在连连看游戏中死局很少出现，若有死局系统会立即替你洗牌，你又可以继续往前冲，这也雷同于我们的人生：举步维艰时常有，绝处逢生也不少，因为死局出现前你就自己放弃了，所以你才错过了另一场花开，和本来能游弋到底的快乐。

理想是什么，是你多数得不到的那些东西或状态，是你为之奋斗但往往中途放弃的一些遗憾或醒悟。他的理想和你的理想肯定有不同，你今天的理想和你明天的理想也会有不同，但奔着理想去的路上你还是可爱的，因为你有目标就执着，而执着的人总是那么与众不同：就算一根筋也能变成激励故事，或变成一个不停被人分析的失败案例，你总是具有教育意义，而没有理想，你就什么也不是，也不会被人传颂或八卦了。

爱上一个人很容易，可能就是人群里不小心看了他一眼，恨上一个人则不容易，你首先得了解他、走近过他，甚至爱过他。这辈子你能爱上的人不会很多，多数人只是跟你互有好感、彼此客气，但总有一个人会令你透支感情，爱他爱到忘了自己，最深重的恨就来了。

回到从前，曾是你的期望，可是你没想过，从前已经不在了。

4 月 1 日是愚人节，有好多人唏嘘，说连今天都没人向他们示爱的，他们该有多寸！——这个世界变成了缺爱的世界，是与我们自己有关的：算计太多、私欲太重、朝三暮四、翻脸无情、过河拆桥。总是忿恨别人对你不够侠肝义胆，又总是不肯给对你好的人一点儿慈爱，老天岂能把如意都给你？想要晴天，就多送温暖与人吧。

你我的将来是有数的，只是在变成灰烬前，我们会有一个没数的旅程。

你需要时我就在，这是情谊；你不需要时我就消失，这是尊重；我需要时希望你在，这是信任；我不需要时希望你消失，这是知己。你我的世界必须有情有谊，必须有尊重有信任，必须知己知彼，不然早晚会让误会填埋了我们辛苦建造的友爱。

误会是这样一种东西：有时不能解释，越描越黑；有时必须解释，少说一句都伤感情。男女之间的误会，一般是误会对方还爱自己，对方离不开自己这真爱，或误会自己对对方够好，对方欠自己太多。

臭味相投，才能情投意合，才能两情缱绻，才能彼此担待，才能互相欣赏，才能轻松驾驭，才能长此以往，才能共同向前，才能白首偕老。臭味相投就是门当户对，就是三观一致，就是圈子文化，所以找到和你相似的人很重要。

你可以飞多高，这取决于你的翅膀有多宽，心有多野，力气有多大，飞行空间有多广。四者缺一不可，所以，飞不起来时也别自怨自艾，因为老天给你的扑腾空间和心力都不够大，如果你借一双翅膀都无法振翅起飞时，就更没必要嫌弃自己无用了，所有的成功都是万事俱备并不差东风。试了，飞不起来，就甘心做不会飞的家禽吧，就安心趴窝抱蛋吧，把飞行的事交给能飞行的鸟儿，这叫理智。

你看不清他，有两种可能，一是离他太近，二是离他太远。近了会花，远了会糊，近了远了你都看不清他，所以寻找与他合适的距离，既不疏离又不压抑，是一个聪明的选择。好的关系肯定是双方都接受的远近，好的爱人肯定是彼此都舒适的相处。

爱不爱，床上看他是否伺候你，床下看他理不理你。他有一万种说法，他解释不了他为什么床下爱搭不理你，床上只肯你伺候他。人这种动物，装不出爱，也装不出不爱，谁认真谁心碎。

每个人都会惯坏至少一个旧爱，惯他当然是因为爱他，忍不住对他百般宽容，他忍不住就蹬鼻子上脸了，你对他有多好，他就对你有多不好，等到你的容忍额度全部用完，你和他分道扬镳，他依然不觉得愧对你。这种交流位置上的严重不平等很伤人，要持续到他被另一个人收拾得落花流水后他才开始尊重你，反思自己。彼时彼刻，你才不在乎他的回头或歉意，因为每个人的人生列车运行图都是向前的，有回头车，但那是另一列火车，而不再是从前的那个你、那个他、那个你们。

人们说“爱有多深恨有多深”，所以人们都在追求“没爱也没恨”的相处模式。某顺说，最好“有爱没仇”，或即便有仇也是装给对方看的（否则对方不信你爱过他）。为什么？嗯，因为放不下仇人的这毛病很坏，而放不下他，你就没法爽快爱新人，何苦来哉，天下又不是就他有那啥，更何况天下没有人会比他更让你失望。

经常听到的一句话是，“其实追求者有的是，其中不乏条件超过他的人，但我就是放不下他”——某顺说，不是你放不下他，是你懒得换个工具用用。置办多少包多少衣服鞋子你都不嫌累，多置办个男人你就嫌累了？无非是没建立起感情，你好歹也试试呀，至少有一半概率比眼前这个好用，另一半用对方待你的热忱热切热烈替代，也完胜那个冷冰冰的烂人。告诉某顺，你为什么自虐？

理想让你不断地美化你爱的人，即便你明知他不把你当回事儿，你还是愿意想，他是条件限制才不得不对你如此；残忍现实一次次令你降温，每一次都不是你主观想降温但你被动着降啊降，直到你允许自己爱上另一个人，彼时彼刻旧爱对你稍有不客气，你都能立刻翻脸并决绝而去，因为爱不在了，就不会再有宽容。

“羡慕嫉妒恨”成了常用词，证明人们的脸皮厚度在增加，已经不在乎别人知晓自己的狭窄小心灵了，当然也证明人们越来越懒得装有德之士了。不论这词用在自嘲还是鄙视他人上，羡慕嫉妒恨都不算纯褒义的，顶多是中性的调侃。某顺经常羡慕也经常嫉妒别人，过着某顺想要的生活的人都是某顺羡慕嫉妒的对象，不过某顺从没有恨，羡慕嫉妒只会变成某顺的动力，使劲工作，某顺知道只有如此才可以减少某顺的羡慕嫉妒。某顺不懂恨从哪儿来，明明人家是你的追赶目标，就像跑道上领跑的运动员、大海里导航的灯塔，感谢在我前面为我带路的他还来不及呢，怎么还会恨上促进自己前进的人？但不一样世界观的人肯定不这么想，他会把所有在他前面的人全归类为坏人，然后“杀死坏人”就成了他此生的最爱……人以群分，远离不同三观的人，在你的一生中颇为重要，不然你糊里糊涂就被人家恨上并定点爆破了。

三观不一的人别说夫妻，连朋友都做不长。接了个收费咨询：咨询者的闺蜜是个资深三，在几个男人那里做三做了十多年。资深三曾经有求于咨询者，后者给她帮了不小的忙。若干年后，两人因情趣不同慢慢走远，渐渐不来往了。如果故事就这么简单那世界可太完美了，有一天咨询者听到资深三在外面传播关于自己的谣言，她很是想不通：对方可是被自己帮过的人，对方有今天都要靠自己，就算不来往了也是因为没什么可交流的了，对方何至于还这样恨自己呢？某顺告诉她，这就是三观不同的问题。三观同，对方即便不再感激你，也不会忘恩负义坑害你；三观不同，你就算浑身贴满好人标识，对方也认为你是伪君子装了太久；你们有不同的价值观人生观世界观，你们当然早晚要翻脸——这个案子服务完，某顺就想告诉各位婆娘，不要妄想不同三观的人也能和睦相处，你们是互相没找准攻打对方的机会，但凡找着，你们肯定也饶不了对方，因为人性就是这么小气、阴骘。

永远不要怀疑你的努力会不会白费。努力学会的技术，努力提升的本事，努力结交的朋友，都会在某一时刻让你受益匪浅，甚至能救你的命，解你的难。有个老头幼年时在私塾里学了打算盘，后来小小的他偷偷革命去了，先是跟国民党，又随部队集体投了共产党，在两边部队他都因为会打算盘而没扛一天枪，解放后他更是不用操练只管财务，直到离休；作为军人他跟着部队从北到南出了国境，又跟着部队从南到北出了国境……他光出国参战就两次，却没打过一枪，他因工作永远在作战部队的安全区待着；战争年代他送走了无数战友，他自己活到八十多连牙齿都没掉过一颗，后来某天他突然心梗，突然没了。这个老头是某顺的二爷，我爹的亲二叔，他曾经跟某顺说一定要学一门手艺，某顺不屑，直到某顺生了多好俩崽，不得不靠写字养娃了，才知道某顺小时候爱写作文也是有用的。

怕离婚后孩子没爹了，怕离婚后自己也找不到像样的男人了。唉，就算孩子爹死了好吧？这么赖的男人确实也不好找了对吧？多数女人经济已经自立的今天，最大的离婚障碍是女人的心魔：她们害怕没有法定丈夫。

不是每一个好人都靠谱，不是每一次邂逅都温暖，不是每一段恋爱都乐在其中，不是每一截插曲都有始有终。

经常有人问某顺累不累，像个陀螺一样天天在奔波。某顺说累。但是不累又能舒坦多少？肉体不累了，脑子就要累，某顺体验过。脑子累比较可怕，会计较很多不该计较的事或人，所以某顺选择身体继续劳累。然后用某顺闲置的脑子为女人们排忧解难，如果某顺不这么着，就得找人为某顺排忧解难了。女人的心，绝对不能整个儿全放在男人和家庭上，有一点点使用率就足够，用多了会让女人越来越傻。

人无完人，这个谁不知道？某顺想说你就不知道，不然你怎么对自己那么苛刻？你对自己的期待，远远高于你的先天禀赋和后天能耐，所以你时不时地抑郁，放不下你得不到的东西，也放不下要离开你的人。其实你远可以放自己一马，承认自己就目前当下如今这点本事，更多的物质和名誉以及情谊，都不再去想。试试吧，你会因此发现生活轻松了很多，雾霾也去了大半。

安逸久了，需要劳累一番，不然身心会越来越懒；素久了，需要荤一次，不然功能会用进废退；寂寥久了，需要亢奋一场，不然转身即老。

你拥有什么，你就轻视什么，你得不着什么，你就以为那是最好的。对生活，对物质，对人，你都如此，仿佛不作践自己拥有的，你就没有挑战过命运。但挑战过命运之后你会发现，你需要的还是原来那个世界，和不必太多变化的物质，以及那个始终缠着你的人。

你离理想有多远，就离“本事”有多远，而本事真是靠无数个比人家都辛苦的日夜累积起来的。有人有天分，但多数人资质平平，想有本事，就得用铁杵成针的耐心来打磨和提升自己。在路上，分外艰难，但快到顶峰时的快感，会让你觉得之前的一切付出都值得。

人生如爬山，当然累，当然愁，但只要你一步步踩稳抓牢，不论速度多慢，终有一天你会到达顶峰。爬山只怕两件事：被人诳着绕了大圈子、走了多余路，或爬到半中腰发现没路了。所以爬山时要选对路线，要跟对队友，忌讳盲目攀爬，忌讳与不同目的地的人一起爬。

能笑看云卷云舒的，是历经多次黑云压境的，能轻松放手的，是几次三番被弃过的。谁生来就能是钢筋铁骨？无非一遍遍锤炼到麻木不仁。但有些人依然“老来多健忘，唯不忘相思”，无他，完全没了男女之情时，你就离死不远了。

那些你努力做的事，你以为不做就会天崩地裂就会撕心扯肺的事，真的不再做了，也就那么回事，天没崩地也没裂，你更没有撕心扯肺。无非是换个角度，换个着眼点，换个思路。

人生中总有彻底改变我们世界观的意外突发事件，不管你接受与否，你最不想看到的一幕就发生了，就摆在你面前了。是接受现实并努力摆脱现实给你的负面影响，还是抗拒现实并怀疑你之前的美好认知？前者能让你迅速脱离精神的苦海，后者能让你长久否定自己，如果某顺选，某顺选认栽并迅速爬起，拍灰走人。纠结于自己的错误或人家的无耻，都于事无补，我们只能做应有的善后：壮士断腕、迅速止损，而放下，就是最必须的止损。

某顺知道你很想帮人进步，但你不是他妈也不是他老师，你甚至连他的朋友都不是，你又为什么要帮他？这个世界是有等级区别的，你妄想所有人都和你一样站在高处，这念头本身就很反社会，因为你把低端生物都拖到高处去，生物链不得因此倾覆、断裂？你让高端生物怎么活？所以，夏虫不可语冰就对了，所以，让傻子更傻才是你该做的。

某顺常说“不要高看你的痴情”，的确人类是一种随遇而安的市侩动物，很容易变心，也容易将就。但总有一个人会像帝王的墓碑一样，长久地高耸在你无法专一的心里，这个人的名号是“没得到”，有时也叫“没爱够”。遗憾的是，这个人心头也有你一座坟，坟前往往挂着“自作多情”四字幡旗。

我们所做的事情，不一定每一件都有意义，但它一定有价值，只不过有的价值是正数，有的价值是负数。那些正数促进我们成长，那些负数拉低我们形象。尽管做事就有可能做错，变成我们的人生减分项，但还是要做，要勇敢地坚持做下去，因为，不做的话，我们的成绩就停留在昨天。

靠近谁，就容易信任谁，也就容易对谁失望。失望不是因为靠他近了，看清他了，而是因为不满意自己对他的信任曾经是那么没原则。我们一边苛求自己，一边美化他人，就为了心中那个美好的愿景，最后却发现愿望始终是个愿望，它离真实很远，离快乐更远。

最近流行一句话，“善良比聪明更重要”，对吗？反证下：你碰到一个疯狗型的人，你被他咬了一口，聪明的人会躲他远远的，善良的人想“他不能总咬我的”……结果你知道的，疯狗看你又傻又近，就再咬你 N 口。所以判断善良和聪明哪个更重要有前提，即，你没有碰上疯狗一样的对手。也所以，每一句鸡汤都是具有蛊惑性质的伪真理，得辩证着看，辩证着用。某顺的参汤也不例外，只不过某顺更强调全面分析而已。其实任何离开语境的论点，都是可以被批驳的。

迷路在你的人生里会有很多次，每次你都会焦灼和恼恨，但很少有人会因迷路就真走不出来的，无非是耽误些时间和气力后再转回正道。因此，以后你再迷路，就当老天给你的一次历险吧，反正也没多大的损失，不急不慌，安心享受意外刺激之喜。

有些累是自找的：可做可不做的事，你非要做，累也活该；本可随意的事，你非要卯足劲去做，累也活该。比如每年春节临近，很多主妇习惯性大扫除，各个角落貌似都要突击清洗一次，有家政你不用，能花钱免劳动你也不花，那你累也活该。

口是心非，在社交中有时不可避免，因为如果你句句属实，恐怕没人能受得了你。但恋人之间不该口是心非，因为你爱不爱对方，他都一清二楚，任你再会表白，若做不到他心里去，他依然会渐渐走远。爱情需要积极的互动，是真心和真爱的互动，而非虚情和假意的互动，与其装醉，不如拜拜。

越老越容易原谅辜负你的人，因为你知道他即便骗你，即便他对不起你对他的好，也是有他不可告人的自私缘由，你都肯对他好，岂能不许他对他自己好。越老越容易放下仇恨，因为你知道恨是毒药，但凡碰了毒药的人，不管最后喝不喝，心都被毒害了，而你分明在追求美好纯净的世界，怎甘心长期浸淫毒氛中，所以摆脱了仇恨的你会越来越像菩萨，也越来越顺利。

世间的事有可做和不可做两种：可做的标准是对人对己都利大于弊，且不违反公序良俗，更不能违法违纪；不可做的标准是后果无法判断和掌控，且只是自己一时兴起、自我无限膨胀的放肆倾泻。

人有人的世界观，鬼有鬼的世界观，人和鬼生活在两个世界里，不可能有共同的世界观。鉴于这一基本分歧，人想教育鬼，或鬼想控制人，都不可能，就因为人鬼无法沟通，所以你遇见鬼的时候，要学会闭嘴，自己走路。

一条发错的信息，可能捞起一段旧情，也可能制造事端，更可能帮你认清现实。

远离丑恶的人是必须的，因为即便他制造了很多别人的丑闻，让你一直有八卦看，你以为他攻击侮辱的人里永远不会有你？错，一个道德底线在肛门处的狂妄之徒，会逮谁咬谁，不定哪天就咬到你了。所以，离他远到不能再远，才安全。

你也许看得透很多人，因为你有阅历和经验，但你未必看得透自己。看透自己需要勇气，还得有自知之明，和对周遭环境的精准判断。

每件事，每个决定，都有其真实目的和表面目的，真实目的有时你自己都不曾意识，你只敢强调表面目的，或只肯承认表面目的，因为真实目的会暴露出你的软肋、你的自我。但无论如何，真实目的将决定你最终的结局，输赢都会疲惫不堪。

年底了，要小心贼匪，有些人因为吃不饱会劫掠你。平时还要小心别得罪那些不怕搞大事的人，他们的统一标配是：没家庭，没孩子，一贯不要脸，一贯爱挑事。老祖宗说“光脚的不怕穿鞋的”是形容他们，犯罪心理学专家说，这种人心理变态，没有底线，什么罪大恶极的事也干得出。你不能拿自己循规蹈矩的生活和泼皮无赖去死磕。

朋友是谁？是你困难时主动伸出援手的那个人，是你危机四伏时提醒你小心后背的那个人，是你春风得意时发自肺腑替你高兴的那个人，是你伤心难过时借肩头让你依靠的那个人，是担心你犯错的那个人，是背后说你好话的那个人。朋友肯定不会在酒桌上，朋友肯定也不在与你价值观不一致的那堆人里，朋友需要寻找，更需要验证，而时间就是最好的验证渠道。

你以为你的生活一般般，不足他人虑，但还是会有人羡慕嫉妒恨你：没离婚的会被有些离婚的厌烦，有家庭的会被某些无婚姻的嫉恨，你的孩子也会是生不出孩子的某些人的眼中钉，如果你再有事业还能挣钱，你就更是很多和你差不多起点的人眼中的妖孽，不灭你他们无法安睡，因为你把他们比对得太不美满。所以你要珍惜你拥有的一切，安稳的家，健康的家人，平静的生活，还有你的职业技能，都是你要爱护的。

你一帆风顺时不需要有人陪伴，因为你一个人足以应付所有问题；你一筹莫展时肯定需要朋友在旁关心，因为即便他帮不了你，他也能让你感觉到你不是一个人在战斗。孤立无援的感觉很恐怖，它会夸大你所遭遇的坎坷的打击程度，所以选一个你能完全信任的人，把你的心事都告诉他，非常有必要，不然明明还有生路，你都以为四面楚歌，精神一旦垮塌，你就真没命了。

都说“走自己的路，让别人说去”，其实很难做到，你会发现你继续走自己的路时，总有人想绊倒你，再埋了你，而你们并无深仇大恨，甚至你都不认识他。你可能因此很是想不通，也可能因此放弃你的行进，但你要知道，就算你什么路也不走，什么人也不影响，依然会有人践踏你，因为，弱者在这个世界更受欺凌，所以，你必须站起来，继续你目不斜视的行走。

那匹马跑了，你伤心不已，你以为你这辈子再也没有座驾，但老天转眼就送你一匹更闪亮的坐骑：你拥有了一只又俊又能跑的长颈鹿——这不是梦想，这将是现实，就看你敢不敢扔掉前任的破马鞍。

正派是装不出来的，不正派也是装不出来的，如果必须在装正派与装不正派中选一个，我坚决选装后者。同时某顺还要装不正常、装神经，因为某顺花了四十年时间才明白，这个世界完全不装的人就看不到。既然总要有人演坏蛋，那我来。

女人一生要怎么过才算幸福完满呢？某顺答：能做自己想做的事，能去想去的地方，经济精神都独立，工作生活都阳光，不为小利委身于男人、受制于环境，身边有三五好友，还有关系融洽的亲友，自己和孩子都身体健康，有爱好有理想，伴侣忠诚且靠谱，这也就是女人完美的人生了。

爱情虽然转瞬即逝，但爱情可以来好多段，所以只要你愿意，你可以长久地激情澎湃下去，不过是随时换人和被换而已。重视情爱质量的人，就不该强调每段情的长度，如同只关心温饱的人口，不会介意食物的做法。

滴水之恩当涌泉相报，这是老祖宗的美好祈愿，建立在公序良俗还健在的基础上。但我们看到的现实往往是这样的：你一天给乞丐一个馒头，连给了九十九天，第一百天你拒绝继续掏馒头了，于是乎你成了乞丐的仇人，他喊着杀富济贫，招来一群流寇恶匪，要合伙灭了你……在你焦头烂额之际，你的邻居还在议论你的不是，他们说，流寇为什么就杀你而不杀我们？一定是你先害过人家——这就是丑陋无比的人性。

信任是不是伴侣间最重要的东西？你完全信任他的品质，完全依赖他的自律时，如果他骗你一次被你发现，你就会如同天塌地陷一样无助和痛苦了。而一旦失去信任，你们的关系就从天堂跌入了地狱，他再多的努力，你也半信半疑，如此一来，他心凉你心痛，你们只能越走越远。爱他就绝对信任他，和上桌赌牌就要输得起一样，你要的是沧海一声笑的潇洒态度，他要的也是你彪悍又执着的支持。

她说他爱她，证据是他给她掖了一晚上被角。某顺说：你把给他的几十万给我一半，我把唯一的被子都盖你身上。她说他不爱自己，证据是他晚上还回家睡觉。某顺说：你把他给你的一千万给我一半，我给你买十个男人，天天一起陪你过夜。钱的确重不过感情，但没钱你就看不到感情。

你以为你丢失的东西都是你最需要的，为此你各种痛苦和不舍，其实，如果不多余，老天是不会从你身边拿走它的。

作为一个花不到男人钱的女人，多数时候某顺都是趾高气扬的，因为某顺看到那些花着男人钱的女人不得不百般迎合男人，她们能做到的下贱和委屈，某顺的确做不到。在某顺的世界里，脸皮是第一重要的，某顺一直强调尊严，念念不忘，必有回响，如今某顺自大自负地累着，心安理得，偶然也悲伤，悲伤这无聊无耻的人间。

人们总爱犯自以为是的错：热恋时觉得自己的爱人是天下最好的，失意时觉得自己是人间最倒霉的，跟人有矛盾时以为对方是畜生不如的，看人打架时以为自己是不会这么幼稚的……等认识到自己也不能脱俗，也不是我们想象得那么高大上时，我们已然老矣，很多事情都无法纠正，很多结局都无法更改。

别以为东西越多越好，摊子越大越牛，真有个什么急事险关，你拖累越多就越不容易脱身。

南航飞机上有一句广告词,“高度决定未来”,这与“心有多大,世界就有多大”异曲同工。某顺在各地讲座中一再重复女性自我奋斗的必要性,虽然有的女人运气不错,能得到男人的经济支援,但当下多数妇女还是要靠自己争取美丽新生活,精神萎靡、经济困顿的女人是不可能有独立自主的机会的,而你不独立自主,你就得任由男人拿捏,男女平等就始终是一句空话,所以,自强的女人才可向男权世界索要公平,自立的女人才可把男人当成用品,而不是任由男人玩自己。

你爱他，你宁可做他的妈，做他妈才能做到的事；他爱你，他自动做了你爹，做你爹才肯为你做的事。爱情有很多种样子，见到他就想给他所有的爱，是最难经营也是最难放下的，无他，想想你对你亲妈的不耐烦，你亲爹对你的无可奈何，你就知道，你和他必定有一人要对对方失望，直至黯然分离。因此，做爱他的人和被他爱的人都难，唯有相爱才能彼此轻松。

他心眼狭隘，他会认为你也如此狭隘，他为人刻薄，他会认为你也如此刻薄，他坑你害你，他认为他不先动手你就要动手了……小人之见最容易想当然，所以才要远小人近君子，君子哪怕对你爱搭不理，也不会费尽心思对付你。

女人爱纠缠“为什么我这样付出，他却如此辜负我？某顺说：人家要一只梨，你给人家一筐苹果有啥用？想让人家感恩并珍惜你，就搞清楚人家需要什么吧，投其所好都不懂吗？一般男人需要女人年轻漂亮人还傻，你是吗？

他初一，我十五，这是仇人；他给我一尺，我还他一尺，这是生意伙伴；他赠我玫瑰，我送他忠心，这是爱侣。你不爱他，你就没法为他付出，或付出了也得加倍索回；你不爱他，你就不关心他的病痛，或被迫关心下也是想他能感恩于你。和相爱的人做相爱的事才正经，和相厌的人挥手告别再不联系才正常，不能违心去讨好你不爱的人，也不该狠心放弃你还爱的他。开始计较你付出的多少，就是爱情已经走了的信号。

不管你多努力多上进，都会有人看不起你、轻视你，没关系，你又不是为他来这个世界的，他的态度不会使你少一块肉，却会令你更努力更上进，终有一天你会让他对你刮目相看，终有一天你会让他懊恼当年没有善待你。彼时你都想不起要报仇雪恨，因为彼时的他实在太衰弱，报复他会让你觉得自己丢份儿。对，吐他都嫌累的那一天，一定会来到，只是需要你目前集中精力做好自己的事，把自己逼上通天的大道。

很多你没说的话，才是你的真心话，不是我没听到你的真心话，我就不知你的真心实意，我只是成全你我一个你想要的距离。如果看不懂你的真实需要，我哪里还配做你的朋友，过去的重视和以后的无视，都是你想要的距离决定的，我尊重你的需要就尊重彼此的距离。

用一件再小不过的可有可无的事，就验证出一个人与你关系的深浅，和你在他心里的价值比重，还有他是否两面三刀，这与你而言实在是应该欣喜的意外收获，因为很多人花很大代价也未必能认清一个人。

某顺见过太多苦不堪言的苦，难于上青天的难，所有当事人都走过来了，走不过来的也爬过来了，所以我的眼里没难事，无非是放下，不再想而已。我爱的你们，也得咬牙放下，集中精力去做该做的事，时过境迁你就会轻松起来的，过往那些辜负你的人，那些坑害你的渣滓，只是你成长路途中的一个个考验和任务，跨过他们你就成了另一个你，一个你自己都想不到的大写的人。

由极坏到极好，是一个受宠若惊惶恐不安的过程；由极好到极坏，是一个步步惊心渐渐麻木的过程。不知道前面会有多好或多坏，我们的神经因此紧绷，身不由己的感觉很是无奈，恨不能把所有想到想不到的情景都先预演一遍，好心中有底，不再惊慌，但紧跟着到来的现实还是我们没能充分把握的那一种。祖宗说随遇而安，哼，不管是好的还是坏的未来，你都只有干受的份儿。

除了血亲，没有谁是不可替换的，你翘尾巴的时候，你为难同伴的时候，对方就开始找下家了。下家真的太多了，下家也不是都比你差，之前对方只要你一个，是因为他对你有感情，但你辜负了他对你的感情，他就算是脑瘫也会换掉你。不论男女关系、朋友关系还是合作关系，都如此，千万别把自己当不可替换的唯一。

回头未必是岸，多数情况下回头是更重的巴掌，和自己都看不下去的无聊。

距离的远近，有时是人为，有时是天意，有时是主动，有时是被动，有时是妄听谗言，有时是心胸狭隘。但不管是哪一种，你认为这个人对你是重要的，你就该去弥补和拉进你们的距离，你认为这个人对你是无用的，你就随缘随分地任由距离继续扩大吧。主动与人拉开距离之前要想想，他真是你听说或你想象的那个人吗？大体上一个群众口碑不错的人做朋友也是靠得住的，若是就你接受不了他，最大可能是你自己心歪眼斜，而非人家有多么差劲。

没事搓揉下我的珍珠，想想一样的环境，仅有少数珠子是滚圆的，更多珠子都形状各异。而且白、大、圆、无瑕，几乎少见——珍珠和人是一样一样的，出众的只能是个别的、少数的，除了先天的基因，还有后天的努力吧。想做那颗滚圆的大珠子，需要比其他珠子经历更多的打磨。能走多远，看运气看努力；想走多远，看眼界看胸怀。

再远的路也能到达，再多的苦也能吃掉，因为，不管你想不想走那么远，能不能吃那些苦，属于你的路始终在，该你吃的苦总不退。

乐观主义者总是不愿深思可能出现的不好后果，他们说“不一定会发生，发生了再说”；悲观主义者总是把最坏可能当已经发生的现实来面对，他们说“即便是小概率也要有应对方案”。双方都没错，出发点不同而已。前者让你勇往直前，后者让你稳扎稳打，这是双方的不同优点，而双方的不同缺点是，前者令你猝不及防，后者令你贻误战机。假如你是一个悲观主义者，你要靠近乐观主义者，因为他们能给你力量，能促你前进；假如你是一个乐观主义者，你要相信悲观主义者，因为他们能让你从各个角度审视你的前程是否安全。

爱情是不顾一切靠近所爱，爱情是糟践自己抬高对方，爱情是世间始终他好，爱情是他走了感觉自己也完蛋了；爱情是得到时像傻逼、失去时像疯子，爱情是给他再多都怕他不够、他给个笑脸你就过年般地快活，爱情是时隔多年后还耿耿于怀、再牵手时又像电击一样要窒息；爱情来时漫不经心、走时轰轰烈烈，爱情是递减的，爱一次就少一分力度，你越老会爱得越有技巧，但也离真爱越远。

以为别人傻，是真傻子的特征。谁管你叫傻子，一定是他怕你吃亏才这么启发你。你周遭倒是有可能围绕着一些假傻，特征是很憨厚、肯吃亏、能容忍、特别不在乎。所谓假傻，其实是人家装傻，不为别的，就为让你完全信任他。他也不是想害你，多数情况下只因为他想和你做朋友。当然并不排除别有用心的家伙，用装傻骗取你的信任，混进你的圈子，等待时机准备收拾你，但这样的坏蛋毕竟是少数，不足为惧，只要你是一个公道正直守法的人，他也不能奈你何。你要小心的是那种装着跟你一条心但真跟你不是一条心的，他们表面上维护你、背后袭击你。这些人的特点是兔子尾巴长不了，因为，他们的素养让他们做不到长久潜伏，他会很快就露出马脚，离间你和朋友之间的关系，损害你的利益和名誉。说来这种人的主要问题是缺乏对世界对人性的完整认识，他们以为玩手段就能实现他们更好地利用别人的目的——有“利用”想法就是可笑的，因为肯让他利用的人，都不是因为傻才让他利用，而是因为人家愿意帮他。没人傻，请相信。

功夫不是一天能练成的。尽管有人可能练了多少年也没什么成就，但他如果不坚持下去，他只会比他的同行差更远。如果你认定要走这条路，如果你也找不到其他更好的出路，那就继续练功，不管有多少风言风语和嘲笑鄙视，你都得练下去，因为你若现在放弃，不仅过去的汗水都白流了，连以后上台的可能也没了。

你能辜负的人，都是老天送你的今生福利，来世你遇不到他，想补偿也无可能。所以，辜负他时替多少年后自己的良知想一想，不要太绝，以免将来自责不已。

关键时刻能稳住阵脚，捡重要和必须的事来做，而不是声讨、控诉以及解释，这非常重要，能确保你迅速脱困，并以最快速度摆脱烦恼。很多人之所以越陷越深，局面越闹越不可收拾，皆因他不是从解决问题的角度出发，而是急于争论是非黑白与抨击道德标准。做这些无谓的事即便能让你泄愤，但于事无补，不如集中精力做点有用的，头痛医头脚痛医脚。如果不知道该做什么，那就打场外救助电话，让完全局外的智者来帮你提纲挈领，找到当务之急。

你愿意自己运气好吗？你肯定会说：“谁不愿意运气好啊！”但事实上靠运气活的人会非常地不安不踏实，因为你知道没人能够始终运气好。运气不好的时候该怎么办？所以，你还是会希望自己有实力，能不靠运气也能活好了，而实力就是平时的点滴积累，是勤奋，是用功，是比别人都准备得充分和全面。不如此，你就只能等老天爷赏脸，若老天爷懒得照顾你，而你又一无所长，一旦碰上事儿，那只能随波逐流，任命运把自己送到哪个沟底泥坑了。

他能控制你，不仅是因为你爱他，还因为他不够爱你。我们爱一个人就甘愿为他让步，听他指挥；我们不爱一个人就不在乎他会生气多久，不管他怎么想我们都坚持自己的做法。爱与不爱，是一个空间里的两个世界。

你觉得忍不下去的时候其实只需要再忍一会儿，你觉得只能放弃的时候其实只需要再坚持片刻，你觉得对方心里没你的时候其实对方也在这么想你。不要怪命运怪人性怪环境，当你自己都不再努力了，谁还能救得了你。

你渺小无力的时候，谁也帮不了，且还会成为人家的负担，更不用说你得看人脸色生活；你强大有能耐的时候，你可以帮很多人，你会因为一些人依赖你而更有存在感，你会因为自己给人带去的快乐而快乐。

你有什么，你最爱什么，你害怕什么。这三个问题可以帮你分析你的现况是不是如你所说的那么糟。如果健康，亲人，理想，爱情等都没离开你，你就不该继续焦虑，因为你不能缺少的生命必需品还都在你手里。而且，就算爱情此刻没了，就算理想也迷蒙了，但亲人和健康还在，你的世界就基本完整着，要知道好多人连这点完整也没有——别说别人都不能和你比，比你根正苗红地位显赫的人有多少都栽在命运安排里？你还没有被磨难绊倒，你还不至于因此悲催，已然是侥幸，应该为此表扬自己、原谅自己。

如果可以退回去一个时间段，给你机会重新开始，你会发现你规避了让你忌讳的一个错，还会搞出另一个错且同样令你手足无措。想万无一失是不可能的，老天给你我的人生就是一个飞行棋模式，你跨过了这个坎儿，就注定要遇上另一个坎儿，想一步抵达天堂，除非你生下来的那刻就死了。

多数时候我们听不得真话，多数时候我们虚情假意，这不单纯是我们自己的错，而是大环境如此，你也难以另类。只能尽量让自己接受不中听的话，尽量让自己不说假话。可以沉默，可以不表态，没必要为了不打击对方，就让自己习惯了说假话。

不知道明天会是什么样子，不知道明天自己能长大还是退化，不知道今天陪在身边的人到了明天又会陪伴谁，不知道就这么走下去又能走到哪里。有那么些未知数，有那么些不断出现的雾霾，仅仅做好自己有时也没用，只能听天由命，并尽量想开。

哭诉的妇女经常说“我没他不能活”，这纯粹胡扯。古往今来因为没了某个男人而死掉的女人只有寥寥几位，死因还都是心胸狭隘加体弱多病。某顺能看到的痴情都是渐减型的，随时间推移，再深厚的感情也会杳无踪影，所以如果你为哪个男人哭泣，请千万悠着点，不要赌咒不用发誓，你真没那么有节操的，离了他你最多减减肥掉掉秤，再一根毛都不会少。

男人有伪装装上瘾的，具体表现是装大方、装高雅，但装始终是装，一件小事就能把他烤得里外焦糊。如果你想知道这个人将来能否厚待你，可以在认识之初就问问他给前女友花了多少钱。他一定会说自己很对得起前任，他的付出多么不菲。此时你可以及时表态说“你给她多少就得给我多少”,然后再看他怎么圆场吧。哈，他一定会说他其实也没给前任什么了，房没给，车没给，奢侈品等等都没给，他只是和前任吃吃喝喝时都买单了，如此他就敢吹嘘自己很大方，自诩很对得起前任，真是装大方装到没脸没皮了。若你再问他带前任住过哪家六星五星酒店，他八成会说民宿多有情调，他说的民宿绝对不会是悦榕庄。碰上这样明明鸡屁股还冒充象拔蚌的男人，你就不要妄想他能给你空头支票之外的礼物了，还是不要和他谈情的好，当工具用用便罢。

你的健康、财富、爱人都可能被剥夺，但你的手艺谁也抢不去。手艺只要掌握，一辈子都忘不了，即便现在你不靠手艺吃饭，将来它也会给你意外的物质回报。

走得越远，越不在意起点，走得越快，越不在意风景，走得越多，越不在意停留。

你拼命划拉来的多数东西，都不是你必需的，最后都会被你遗弃，可惜你当下只认为这些都是你必需的。所以你累，累在负担了过多你不需要的包袱。

我爱你而你不爱我，你因此离开我，这不是我的遗憾，而是你的，因为你把对你好的人扔了，你只能去拉扯对你不好的人，你可以认为这是你的需求，满足你的需求就算再冷也甘心，我却因此摆脱了为你付出的宿命，所以你抛弃我，欢喜的应该是我，不是你。

叫你随遇而安的，都是要啥有啥的，如果他自己要啥没啥，他会比你还计较，还拼命。叫你及时行乐的，都是已然来不及行乐的，如果他还有机会及时行乐，他会劝你别浪费光阴，别虚度年华。我们都是失去后才发现自己可以换一种活法，没必要这么吃力，也没必要这么紧张。

你不信活人的爱情能永恒，你还最不舍得你的爱情消失；你不信今天的誓言能做到，你还最不想他因你而有一点点失落。有多少爱就有多少哀愁，你说你是爱着哀愁还是爱着爱?

男人说“不能让别人碰你”，只是强调你目前只能由他碰，而他碰不碰别人这事不归你管；男人说“看看再说”，只是表达“你甭想控制我”之意，而不是他会为你调整节奏。男人说“随你”，心里其实是说“随我”；男人说“好吧”，心里其实在说“烦人”；男人说“喜欢你”，心里其实是说“想得到你”——你听得懂男人说的话吗？

你想的人不想你，想你的人你不想，都认为上赶着想跟自己好的人配不上自己，都把追求不理你的人当是奔向了真爱……说来人就是一个贱字，你辜负我，我辜负他，我们谁也逃不过惩罚，惩罚我们不善待爱我们的人。

权利和义务是一体的，如果你没有给对方付出，你也没资格要求对方为你付出。此公平合理的潜规则引申到男女关系上，可以简化为一句话：时刻提醒自己不要多管闲事。（当对方连你毛都得不着一根时，你们等于没有关系。）

值不值，这三字是我们经常扪心自问的。付出值不值，等待值不值，主动值不值，认真值不值。考量值不值的时候，你已经有亏欠自己的感慨，只是不死心、不舍得，让你暂且摁下所有的疑虑，继续付出、等待，主动和认真。心已经风雨飘摇，颜还要强装精神，值与不值，都得听从老天发落。

追求钱财也是有上进心的表现，因为钱财能带给我们好的生活环境，而好环境能促进我们设定更高的人生目标。但钱财肯定不是我们做事的唯一动力，很多时候我们努力的目的是为获得公众认可，实现最大社会价值：你能帮助的人越多，你的社会价值就越大，你的自我满足感也越强。

和前任老死不相往来，要么是爱有多深恨有多深，要么是前任有重大人品问题，实在瞧不起他了。如果你能和历届前任都变成好友，说明你的眼光和心胸不错：没看走眼，能控场，能善始善终。

我们都走失过，只是有的人纠错能力强，发现走错了就立刻寻找对的出路，而另一些人总是迟疑、总是妄想、总是患得患失，他们就离目的地越来越远。如何才能做一个及时止损并掉头的人？嗯，你要果断，要舍得，要认错肯改。

一趟出发时就晚点的列车，如果幸运，它会途中加速并一路被让行，直至它按时按计划地抵达终点；如果不走运，它会一路给其他车次让路，因为计划外的迟到本不该被包容，结果它到目的地的时间就晚得不能再晚，“等到所有人都不再把亲人盼望的时候”它才姗姗来迟，抵达的欣喜被贬值到连抱怨都懒得有。如果你不慎上了这么一趟越走越慢的车，你就得学会让自己相信：迟到、落寞，就是你的正常状态。

爱情是两个人的事，是你给我阳光我给你炉火的彼此珍惜，是你让我快乐我让你满足的彼此给予。有些人心底是看不上你的，但他还不舍你带给他的某些好处，他就依然会和你交往，这种违心的关系让他语言上吝啬、行为上乖张，始终以自我为中心、不管不顾你的感受，反正你离开不离开他也无所谓——这就是一厢情愿的下场。离开不爱你的人，不仅为止损、为自尊，也为早日遇见真心爱你的人。

如果有能力自购房，就不要任何人一分钱的支援；如果自己没全款能力，当然会借钱，跟银行借最好，不欠情。但，建议你们借此机会把那些整天谄媚犯贱勾搭你的虚情假意的男人都踢远远的，他肯定不借你，他不借你就是得罪你，看丫以后还好意思继续谄媚犯贱勾搭你?

计划没有变化快，是现实的主要特征，不管你多努力多用心，不该你得的东西都会在你各种计划和准备前溜之大吉，除了想开点，积极推进下一个计划，你也别无选择。

被抛弃的人总爱咬牙切齿地说："你会后悔的，我不信你能找到比我更爱你的人。"事实刚好相反，一般N年后极度后悔的人恰恰是被抛弃者自己，他想起前尘往事就恨不得扇自己耳光：他也配我那样付出？想当年我真他妈傻，竟然迷上那种货色！

调情是男人爱的，滚床单是男人热爱的，如果可以先上床后调情……你会发现男人连调情也能省略，过河拆桥和穿裤子走人是一个意思：如果上过床的都要负责，那必须是法律允许多偶制，不然真为难人家。(此人家不等于彼人家。)

不要担心错过这人就错过了一切，他没那么重要，你是真正误解了他。这个世界你不能错过的只有亲情，其他什么情都是换人也可的。

你轻视的，都是你将来不得不重视的，你抛弃的，都是你将来费尽力气想找回的，你忘记的，都是你将来赶也赶不走的懊恼。人过半生才知道缘深缘浅，都是因果。

友谊不是天天聊天，不是互相交换隐私，不是形影不离，而是对方需要你的时候，你在，且无条件地支持他。

我们最爱犯的错，是“我以为他需要，我以为他懂得”地一厢情愿付出。其实对方不需要也不懂。人家要苹果，你非塞他一堆梨，你是付出了且付出不少，可惜在他眼里你好没劲好烦人。当然了，他也不会一辈子都拒绝梨，只是他想要梨时，你已无梨可给——这就是阴差阳错。

这个世界给你的，多数是你不得不要的，人们称此为接受现实、识相。但是，如果事事识相，时时不忘现实，你的生命就一点儿亮丽的色彩也没有了，必须冷不丁冒次险、闯个祸，如此才可以在N年后有故事流传给子孙——太规矩的人生没有意思。

所有的分手都是因为不够爱，所有的复合都是因为没找到比他更好的，所有的赴约都是有心为之，所有的爽约都是嫌对方不值自己冲动一回。

要做一个有情有义的人，人家对你好时就珍惜人家、报答人家、不辜负人家对你的好；要做一个没心没肺的人，人家背弃你后就忘了他、放下他、不再惦记他，要敢于开始新感情，要乐于接受新世界。

经常，你奔波的目的和你得到的结果不一致，比如你本来是为减肥才去健身的，后来你成了某项运动的佼佼者，竟然还凭借此运动获得你想不到的很多人生奖励……彼时彼刻你才会明白：目标真不重要，因为走着走着目标就移位了，重要的是过程，是坚持下去就能抵达你想象不到的另一个高度。

最难的不是一直没人帮你，而是你都习惯了依赖人家时，他却抽身离去，根本不管你会不会因为惯性而扑倒。所以，与其始终担心人家会辜负你的信任，不如从一开始就当自己是孤家寡人。

谁都以为自己碰上的衰人是最卑鄙的那一个，谁都以为自己的衰运是因某人某事而起。但是，岁月会在将来告诉你：那个人还不是最没人性的，自己的倒霉原来仅是“花无百日红”。

一起走着，有的人就不见影了，失踪的他可能是被别人拐去做伴儿了，也可能是嫌你不够有趣就甩下你自行走了。这一别多数是此生拜拜，少数是还能日后在别处又重逢。重逢时的你和他回想从前的那些过往，会发现怨恨早没了，当然激动也不复存在，他和你都是对方的一个故人而已。

世上没有白得的东西，就算施予者说他没有目的，纯粹帮忙，你还要记他一个人情，在某个时刻替他说话，就更不提某些说是赠予其实是交换的勾当了。所以，人给你一尺，你最好快快还他一尺一，不要拖到利息都滚成天大时再被迫为他卖命。不欠情，更不欠钱，大家才能平等相处。

你要相信，男人不说他爱你，不是因为他“羞于表白，爱你在心口难开”，而是因为他真的不爱你。爱你的男人会和你爱男人一样，忍不住地表白自己的爱，这是发自肺腑的自然流露，用不着被你逼迫。当然，一个男人光说不练的所谓爱情，你也不用信。

无话可说时往往满腹怨言，喋喋不休时往往啥事也没有，想说的人往往没机会表达，不该沉默的人往往一直沉默。如果口不对心，你还不如干脆闭嘴，如果说和不说一个效果，那就坚决不说。

虽然坚持未必能胜利，也有可能是全军覆灭，但，多数你以为不行了的时候，都离极限还远着呢。某顺拉练时经常怀疑自己能否坚持走完十公里，这种怀疑一般出现在才走了两三公里时，等某顺劝着自己走完六公里，就有信心走完十公里了，而且，到最后一公里快完成时甚至认为如果时间充裕，再走十公里也没大碍，因为已经走完二十公里的一半了嘛！所以，曙光在前，前提是你肯坚持下去。

当朋友告诉某顺他罹患癌症时，某顺对他的积怨眨眼消失，随之而来的是各种伤心：在生命面前，我们之前的各种矛盾都不再是问题，某顺愿意理他了，且不再怀疑他接近某顺的动机，因为某顺相信“人之将死,其言也善”。每个人来人世都为做一件事：死亡，不管快与慢，这始终是我们要做和在做的事，所以当一个人快要离世，估计我们只能原谅他所有的过去，凭什么？就凭下辈子再也不会遇见他了。其实你心里的恩爱情仇，并没有你想象得那么重要，还是得珍惜眼前、珍惜情谊。

事情发生了，不管对错你都要有个态度，这态度可以是积极的，也可以是消极的。如果你能解决它，那就选择最简洁的办法解决它，如果你解决不了，那就不管它，随它去，栏杆跨不过去时不跨也罢，甚至从下面钻过去又能怎样，天肯定塌不下来。

有些错误可以纠正，有些错误一错就再也不能回头，可以纠正的错误让你当作笑话来记忆，不可以纠正的错误令你不敢回想也不敢辩解。现在我们在做的事，就是尽量避免和减少那些不敢回想辩解的事儿发生。

同一件事，在不同心思和不同眼神的人眼里都是完全不一样的，所以，你能做的只是让大多数人不反对你，别幻想如何拿下反对你的那一小撮人。

天天盼有人爱你，但爱情是频频上场又频频下场的龙套演员，你只能当爱情是热闹，看看就罢了，不要以为串场的也会带给你人生的高潮，你的高潮只能是自唱自贺。爱自己，没情敌，还不会频繁下场。

与人为善，收获的未必全是善，但与人为恶，则只能得到人家的报复和诅咒。

佛教徒说，骂你的人是来度你的，某顺以为这纯粹是胡说八道：你明明方向明确，信心百倍，来个小人一搅和，你就要绕路了，甚至可能被迫中断你的理想。所以，度你的，只能是你自己，或救你出困境的人。骂你的人，顶多算你向前进和完善自我的助推剂。

有理想是应该的，只是理想别定得太高远，不然你始终在追梦，始终难以快活不说，还会忘了看路上的风景，一旦某天你遇到意外彻底走不动了，你会伤心于两头不靠的处境，会懊恼对自己太狠。

辛苦的人是可怜的，同时也是幸运的，因为还有很多人想辛苦都没有机会和能力，那些躺在床上的病人和生活基本不能自理的老人，是有多么羡慕你还能辛苦，还被人需要，还是有价值的人。

失落的时候还是拼命工作为好，不要给自己时间去纠结去掂量你解决不了的问题，那句“化悲痛为力量”着实靠谱，当工作把你的身心都占了，你就没空难受了，而且因为没糟蹋时间，你在时过境迁后还会更加地满意自己。

必须有个爱好，爱好能让你执着；必须有个强项，强项能让你自信；必须有个梦想，梦想能让你兴奋；必须有个贵人，贵人能给你带路；必须有个某顺，不然你听不到真话。

爱可以爱的人，不是个简单的事儿，多数时候我们都爱着不可以爱的人，还以为这是上苍给我们的机缘，必须有磨难，必须有摩擦。事实上当你碰到对的人，没磨难，也没摩擦，顺溜得不得了。

一定要有无偿援助的行为，哪怕一次也好。佛教说这是积德，会有福报，某顺说这是给自己储蓄，储蓄他日被人雪中送炭的机会。

想说服人家和想证明自己，都是幼稚的表现。因为你不懂得，一个人对你的不满或误解，多数情况下并非他不了解真相，而是他罔顾事实地刻意与你作对，这里面有三观不同带来的敌对，也有利益驱动带来的黑心。阴谋论者不可能把你当成简单的人，你所做的每一件事在阴谋论者眼里都是居心叵测的。清者自清，浊者自浊，你不用再费力去讨好不喜欢你的人，也不用再跟恶意陷害你的人讲道德操守，你要知道你和他的区别就在于，你是白的、亮的、美好的，而他是黑的、暗的、丑陋的，你和他根本就在两个世界里，你本该看都不看他一眼，他肮脏的灵魂永远不配得到你高贵的回应。

交友，要看这人对他人，尤其是跟他关系不好的人的态度和作为。如果他把曾经和他好的人骂得一钱不值，如果他泄露旧交故友的隐私，如果他罔顾事实故意诽谤陷害他的朋友，即便他现在对你的好已超过所有人，你也不能靠近他了，因为他今天对昔日朋友的各种坑害，都将在日后复制到你身上——别妄想你人品好并对他有恩，他就能对你网开一面，现在被他坑的那些人当初待他也不薄，你不能把露着獠牙的野兽当个性鲜明的家畜，他咬不咬你，只看他高兴，而非你对他有无恩德。

底线是一个人的操守最低处，确定你是人是鬼，确定你将美名远播还是臭名昭著。当然有的人不在乎是美名远播还是臭名昭著，只要能实现他的既得利益就行，但多数人还是要脸的，还是不想具有反社会的明显标志的，这是人们从小受教育的结果。有少数人因为所受教育及所在环境影响，将底线踩在脚下，最终他能得到什么呢？不可能是好下场，因为坚守底线的多数人不愿意吃这种亏。

判断这个男人是不是移情别恋了，可以用“逆推法”，即，他和你热恋时的表现如果都没了，那就是真移情别恋了，此时你不必急于找证据来证明他的变心，你只须做个决定：现在分还是以后分？主动分还是被动分？举例：热恋时他一会儿一联络你，现在没了；热恋时你生气了，正开会的他会借上厕所出来给你电话，拼命哄你，现在你生气了你打他电话，他不论在干吗都不接你电话了；热恋时他出门就挽着你走，逢人介绍你是他老婆，现在你喊他老公他都装没听见；热恋时他点你喜欢吃的菜、订你想住的酒店、任何时候都说他时间随你，现在他点菜时不会问你、也没时间和你开房了、更多时候你想去哪儿他都说他没空……都仔细回想一下吧，是不是他现在和以前大不一样了？没错，他就是不爱你了，之所以现在他还不说分手，只因他感觉时机还不到，但那个时机很快就会到的，多数是在你还没有准备好的时候。

人们总是在不知不觉中被洗脑。不论好的坏的、正确的谬误的，听多见多了，人们就以为世界本该是这样的。事实不然，就如同你始终在厕所里，你见到听到闻到的都是不体面的样子，你若以为世界就是厕所里的样子，岂不是大错特错？所以，你所处的位置决定了你的思考境界。如果没有想象厅堂的客观和乐观能力，或刻意回避明亮高大上的存在，你的眼里嘴里就只有脏臭阴暗差，如此的你岂能有正常的审美和正常的判断？也所以，如果你的朋友圈里有始终“厕所化”的人，你要抓紧时间删除他，避免被污染的最简单办法是把污染源灭了，否则你看着看着热闹，就慢慢接受了他的观点，要不了多久便被他同化。千万别说你可警惕了，你不会轻易被他同化的，意识形态对人们的改变从来都是润物细无声的，保持思想的独立性以及自动远离丑陋黑暗臭的本能，才可使你长久地洁身自好。

你关注什么人，说明你已被对方牵引，你转发什么文，说明你基本是支持他的。不要否认这一点，不要自诩你为看热闹才关注他，靠近像自己的人，是人类的潜意识行为。所以，你以为你与你关注的某个妖孽没有相似之处，其实你以为错了，在旁人眼里你就是他的拥趸，你和他只有出不出名和显不显形的区别。当你被另一类人渐渐屏弃时，你要明白，这是因为你的价值观与人家大不相同，人家才懒得与你为伍，没有冲突也可以分道扬镳。

有个女人很善于搞男人的钱，某顺专门跟踪研究了她两年，最后发现能搞到男人钱的女人都是杰出的卧底人才：她们在男人面前各种委曲求全、工于心计、迎合讨好的态度和本事，绝对是天才。必得是一心图谋快速翻身的女人，才能克制住自己的自尊自负，让男人因为“她真心爱我”而掏钱。这种女人即便到了统战和情报部门，也是能出大成绩的一把好刷，因为她们的智商遥遥领先，脸皮相当厚实。某顺曾问那个女人：“你这么费尽周折地谋划算计，牺牲自尊地虚以委蛇，何苦来哉？”她回：“你那么辛苦地敲字干活，也没我挣得多，还看不起我？”——某顺竟无言以对。如果仅以挣钱多少论英雄，能用“我爱你”就把对方的钱骗到自己兜里的，都是营销高手。其实最终决定人们选择哪种谋财方式的，只是价值观的区别，而不同价值观出现在同一个世界里，短期内是看不出谁输谁赢的，且就继续互相看不起吧。不过某顺们之所以始终勤奋、不靠男人，也跟自身缺乏硬件有关：大奶子、贼心眼、会叫床，少一样都不能成狐狸精。

女人中只有少数是不八卦且做人有原则、做事有章法的，合作共赢发展的对象只能是这少数人。而且如果她不是一个有事业心的人，你就不能硬拉着她和你一起做事，否则就是互相为难。不是关系好就能一起飞的。女人中的多数是靠不住的，不仅事多，关键是没有远见，无法依赖和指望。最重要的一点是，三观不合，但因为一时的利用与被利用关系而凑到一起，这样的女人团伙是完全不能凑的，因为早晚会内部爆炸，浪费生命。

客户是客户，朋友是朋友。客户可以变成朋友，前提是从互惠互利变成互相欣赏；朋友也可以变成客户，前提是从互相喜欢变成互相成全。真正的朋友是我为你两肋插刀，我也不希望你对我两面三刀；真正的客户是双赢之后彼此尊重，不做损人不利己的事。诚实面对双边关系，才会有可靠的信誉：你不能把客户说成朋友，也不能把朋友贬成客户。就比如某顺吧，客户遍天下，若客户都说她是我朋友……岂不是天大的笑话。

你不了解或不够了解的事和人，都不要轻率点评，因为这不仅会让你轻易树敌，还会让你轻易露短。

交流不对等，一方总因为自己的势大或对方的示好来控制话语权，人家一句话还没说完呢，他就能不管人家说的是什么便开始了否定挖苦打击和嚷嚷，那下一次交流就不会有了，因为人家懒得跟你交流，人家受够了你的欺压。学不会尊重他人，学不会就事说事，学不会收敛傲气，学不会公正公平，都会让你没朋友。（这个朋友可能是你的亲人、你的爱人、你的下属、你的粉丝，这些原本最爱你的人。）

话不投机半句多，这是老祖宗的智慧，老祖宗也说过“道不同不相为谋”。但国产老祖宗是个特别虚伪的面具派祖宗，在人生哲学课上还留下很多口是心非的伪装本事，比如强调中庸强调宽容，强调闭眼闭嘴，强调违心的和谐。某顺对此不以为然。就拿人际交往来说吧，本该是同道同心者同行，如果你逼自己为了所谓大局和颜面去接受你不能容忍的人和事，无疑等于给自己埋雷和下慢性毒药。三观不同的人不可能和谐相处，敌对势力不可能长久友好，与其花大力气去“掰正”去“统战”，还不如拉开三八线,和讨厌你也被你讨厌的人永远隔离。减负社交是必要的。生命有限，时间有限，精力有限，我们要把宝贵的时光都用在有价值的事情上，而非去关注和纠结那些可交可不交的人。上帝是派我们来享受生活的，不是叫我们冒充大仙下凡收各路神通的，远离妖孽才有轻松美好的世界，才能过上眼前和心里都纯净的日子。

每天6克古树红茶喝了10天后，今天加到了9克，估计又要失眠几天，但身体会慢慢适应的，减肥会慢慢实现的，理想会慢慢走近的。这些天一直在看美剧《绝命毒师》，吸毒制毒的人也和某顺培养喝茶习惯一样，一点点加量，一点点走上不归路。任何巨变都不是一蹴而就的，任何社会关系也不是一天就能建立起来的，所以在奔往未来的路上，志同道合的人慢慢加入，理念相悖的人慢慢淘汰，经历了N多磨砺纠偏后，你的世界清晰可控，你的明天也霾散风止，这就是坚持的力量。

司机说“宁可慢，不能站”，某顺说“宁可绕远，不能走烂路”。昨晚带闺女逛超市，因八点还要上语音课，必须利索地来去，不能耽搁误事，所以我们买好东西立刻往回走，一切按部就班。但离家还有一半路时，某顺鬼迷心窍提前拐上了东西向的横街，而这条街因前天下雪，路南都是高楼，整个路面结冰，本来可以五分钟走完的路段，这回走了十五分钟不止，还一路心惊胆战。去时走的是主干道人行线，冰雪早已消融，为什么回来要选路况不熟悉的横街呢？只能说是脑子短路，没有做环评，也忘了时间要求。虽然最终没迟到，但想想回程的郁闷，还是要检讨自己的粗心大意。生活中如这般走错路的经历不少，说白了就是不够重视自己的直觉和目标，无端让自己陷入危机中，不值，实在不值。三思后行是绝对要坚持的，不可随意更改既定线路，也不可冒险为之，更不可挑战自己的能耐。

眼里揉不下沙子的人，活得比较自我和干净，他不会委曲求全，也不会虚与委蛇，更不会怀着“将来再收拾你”的险恶目的与你交往，他生你气了就直接拉黑你了，态度明确清晰，一副高傲而任性的样子。与这种人相对的是另一种完全不一样的人，他们心机重、心眼多，他们为目的能吃眼前亏，他们为利益能做长线，他们擅长卧底也擅长套瓷，等得罪了他们的人完全放下警戒、拿他们当朋友了，他们的反击时刻就到了，他们的出手必定是致命的，因为他们握有对方因信任而露给他们的很多短。所以，交友要交简单直接的人，这种人报复心不强，生气就发作了，不喜欢你就远离你了，不会不喜欢你还跟你套近乎；做人要做简单直接的人，若能早早地果断地踹掉你直觉里那些不是善茬的人，他还有什么机会偷袭你的项背？吃多大亏，一般取决于你交出了多大的底。

在弱肉强食的生物界，有时你想息事宁人，想胸怀宽广，想无视挑衅，也不行。因为对方认为：你不回应就是你被他打败了，你不解释就是你承认了，你不还击就是你害怕他们了。如此，他们对你的欺负和侮辱，会由于你的沉默而更嚣张过分，直到你忍无可忍终于予以重拳，打到他鼻青脸肿，他才恍然大悟原来天下不是他说了算的——老祖宗教我们的忍让哲学，也不是任何时候都能用的，如果对方是君子，当然得忍得让，因为君子只可能有误解而不可能有歪曲；如果对方是小人，你的忍让就是让对方蹬鼻子上脸，不如早早打得他满地找牙，再也不敢为非作歹。生物界里必须有正常的秩序，你不能指望别人来维护秩序，必须把自己当“城管”之一。

领证前他就不想娶了，无奈结婚声势已出，只好硬着头皮往前走，想大不了以后离婚。老婆怀孕，犹豫中只能认定婚姻都是有遗憾的，幻想堤内损失堤外补，于是乎开始联系前女友。孩子出生，婆媳矛盾越来越严重，夫妻关系也越来越糟糕，他开始找各种借口不回家，频频出轨，吵闹冷战与日俱增，他经常思考离婚，但仅仅是想想，离婚还缺少助推力，直到那个让他心动的女人出现。老婆很快发现了他的恋情，大闹特闹，双方家长甚至他领导都出面了，他暂时放下了离婚念头，也收敛了出轨势头。后来，婚外爱人跟了别人，离婚的心火却始终燃烧：他一直想找个他爱的女人、过他想过的日子，虽然那种日子什么样他也想象不出，但他就是放不下憧憬。结果，孩子上小学时他想等孩子上中学，孩子上中学时他想等孩子上大学……等孩子也有了孩子，他终于放弃了离婚打算：他得接送孙子上幼儿园，老婆负责内勤、他负责外勤，这是他不得不接受的当下任务。此时年近花甲，他抱着手机刷朋友圈的时候还是会幻想有个年轻他二十来岁的小妇女，能不图钱也不图性高潮地跟他好一场，“不然这辈子可是冤枉透顶了，尽为别人活了”。他就是白头偕老的婚姻中的中国男人。

“及时行乐”这词儿应该是年过不惑的人的正能量，很多中年人在年少无知时吃过冲动的亏，就以为所有的冲动都是坏事儿。其实人类如果消灭了冲动，就没有前进的动力了，也没有改变的欲望了，想想一成不变的生活和世界，不知你怕不怕，某顺反正怕。有变化的人生还是蛮刺激的，即便有些变化很让我们难受，但完全平铺直叙、一成不变的未来，你难道就不厌倦吗？所以有时候还是得给自己找点乐子，包括冲动引发的生活状态和生活方式上的改变，都可以有，要不然活着太没劲了。对中年人而言，已然能承担结果，所以冲动已经不是问题，有问题的是你的能耐。我们要给生活加点儿糖，还可以加点辣椒和苦头，没必要总是清淡着，清淡也不适合所有的人，所有的时候。

你只知道他比你挣钱多，不知道你比他睡得早、起得晚，你比他少做很多事；你只知道他本事比你大，不知道他的本事也是勤奋换来的，在你消遣娱乐时他都在积攒他的本事，最后才攒出他今天这么大的本事；你只知道他抓住了那波机遇才有了后来的繁华昌盛，你不知道机遇曾经平等地展示在所有人眼前，而彼时的你畏手畏脚不敢投入也不相信自己能出息，你才与他有了现在的天差地别。老祖宗说“只看贼吃肉，不见贼挨打”，某顺说“羡慕嫉妒恨，皆因付出少”，其实就算你从现在开始努力也不迟，但如果你天生穷命，恐怕从来都只有想法而无做法，更无坚持到底的勇气和胆量，那你就甘贫受苦吧，不要继续羡慕嫉妒恨了，因为即便绊倒他，他的钱财你也得不着分毫，反而会因你的怨毒被他发现和远离，如此你就连“被贵人提携”的机会也扔了。

是不是经常有不知所措的时候？是不是经常迷惘和担心未来？你要知道在这种时刻，有对策比没对策危险，以不变应万变是永远靠谱的法宝。可能你会觉得，什么都不做也太被动了，为避免将来后悔你也得有个对策……其实老天真要灭你，你做什么都没用，而老天不灭你，不妨让时间说话吧：过了这阵儿，答案就出来了，路就清晰了，你总不能在一片混沌时胡乱比划、盲目举动，且等水落石出时再顺其自然。如果你实在不想“坐以待毙”，那就做眼前能做的对的事——比如洗洗衣服，打扫下卫生，跑上10公里，甚至是喝几口酒后沉沉地睡去。举重若轻你懂得，它能救你出危局。

一个女人“跟了”一个男人,一无所图是不可能的,要么图钱,要么图性,要么图关爱,要么图稳定。理论上男人有什么就该给女人什么,因为你爱她嘛,你的所有不和爱人分享,要跟谁分享呢?可惜很多男人只想四选一,且一般都想选二(性很可能还是他的弱项)。关爱没有,稳定没有,钱没有,你就给她性,也不看看你有没有那能耐让人吃饱,以及她是不是就缺性……她能舒服吗?还有些男人给了女人一点关爱或经济帮助,就趾高气扬地摆出施舍者嘴脸,动辄侮辱女人贪钱——拜托,她卖淫都比跟你得到的多,拿你那点钱的同时还要伺候你,你当她是木头是傻子,能让你这么欺负吗?为钱卖身是可耻,但给点钱或没给钱就认定人家贪钱,是某些男人失去女人的主要原因,这些男人忘了一点:对方并不是卖淫的,对方是因为爱你才跟你在一起的,并想用你的付出来衡量你的专一和诚心的。

友谊要看长线，要想对方的优点，要重视对方以前的付出。很多人之所以没有长久的知己，没有贴心的朋友，跟他对朋友的态度直接相关：把友谊定位在“对方有便宜给我占”或“他能带给我利益”上，这种人怎么可能会有知心老友呢？而且这种人一旦觉得对方利用价值不高了，他会立刻抛弃朋友，并不惮以最下作的方式中伤人家，以证明他的离弃有多么正确——你若碰到这种人，一定要感激他及早背叛了你。还有一些人别说没有感恩之心，连一般的权衡观大局观都没，人家为他做 99 件事，后面有一件事没做到他心里去，他就能否定人家前面为他做的一切，立刻反目成仇——合不来，道不同不相谋，一别两宽便可，何必做人做到这么刻薄的分上？另一种好友分离是因为立场摇摆，是非混沌：有些人自持“多一事不如少一事”，在该替朋友两肋插刀的时候他不仅做不到挺身而出，还因个人面子和私心等随波逐流，任由朋友被人侮辱欺凌——这样的人也不配有好朋友，因为他原则性太差，墙头草的人品都不可靠，其行径只要被朋友发现，朋友肯定会主动远离他。

中国有句老话“帮人帮到底”，貌似不帮到底就不够赤诚，也不能救他出水火似的。但某顺想说，帮人不可帮到底，因为以某顺对人性的研究和体察来看，人的本性必是忘恩负义的，如果他没有忘恩负义，也只是被他所受教育和眼前环境给暂且束缚了，但教育能扛过本性多久，无法揣测，环境又随时变换中，一旦有利益冲突，最先反戈的往往就是你帮过的人。所以，帮人前不要妄想回报是其一，为避免对方恩将仇报也该适可而止地帮，此为其二。斗米养恩，担米养仇，在现实中太多太多了，你不能把一个人的胃口吊起来之后，再指望他浅尝辄止，不要贪心。换句话说，他若贪婪，也是你惯的，最后他欲壑难填时当然要恨你了：为什么不给他更多帮助，你又不是没能力？！虽然这种人忘了你的朋友圈不止他一人需要你提携，但你在享受他的跪拜他的祈求时，已经给后面他的翻脸撒下了必然的种子。所以，帮帮便可，切不可大包大揽，以免他的贪心越养越大，直到你帮不起时再成为你的仇家。一个人穷矬苦不走运，也是老天的安排，你逆天而为，老天最后惩罚的不是他，而是你。做好人很难，做一个时刻想帮人的好人更难，也所以不论帮谁，都只帮一下两下便罢，剩下的路该他自己走了，从此你就和他一别两欢吧，否则你将来一准后悔。

你们总是强调痛苦，强调所受挫折，但你们忘了，一个人如果生来就一帆风顺，没有任何心事和压力，那么他也了无生趣、没什么生机了。你可以想象要啥有啥的无聊和没有曲折起伏的乏味，人也只有经历挑战和磨难，而后再得到心中想，才觉得自己很有本事、能耐无限，因此自豪感油然而生。这种自我认可是相当令人欣慰的春药，“志得意满”说的也是理想满足后的得意熨帖，若你根本不知道你还需要什么，那不是要无聊乏味死？正因为有需要，需要还一时半会儿得不到，我们才有朝前奋进的动机和目标。是的，向前走的路上必须有坎坷、有艰辛、有失败。

自我称重和估价一定要靠谱，要结合你的社会属性和社会地位来评估，不能妄想症和“怀疑被迫害”的癔症都没羞没臊地雄起。你要相信自己没那么大吸引力，社会地位比你高的人根本看不到你，或人家就算偶然看到你了，也会因为他不认为你值得他浪费精力而很快移开视线，所以，你的先天自卑感最好减减，不要看见人家说啥都以为“他是不是在说我”，并以此为由憎恨上人家——这么缺乏自信也缺乏自知的卑微状态，还怎么强大自己，超过人家？

有些人总觉得老天爷不公平，没给他美色、没让他生在富人家、没给他机会、没给他平台、没让他遇到好人……总之是没给他一切，就给了他穷和丑。这样的人用“负能量爆棚”来形容是最恰当的。他们一般看不见别人的努力，更看不见别人的付出，他们也看不见自己的懒惰和懦弱，他们总是强调这个世界没照顾他，却忘了这个世界的绝大多数人也都跟他一样起步，并且也没得着外界的优惠，只能靠自己一步步朝上走，直走到他看不到也够不着的高处去。一个人不看自己都做了什么，只一味向社会索要超额回报，并因此憎恨所有超越他的人，这是病，是不讲道理的病，是反社会的病，若治不好，那就很容易变成人渣。可惜人渣在人群里还不是小数字，只是他们都不承认自己是人渣而已。

某顺年少时被教育“女人不能不老实”，某顺老了才发现，凡是不老实的女人，都比某顺活得滋润。

很多人的一生比戏剧家写的故事还要跌宕起伏，有时某顺看着人家的经历，再想想自己能不能承受，多数时候某顺都庆幸自己没遇见人家那些事，因为换某顺也难以承受。可是某顺还要鼓励人家承受，因为某顺知道，如果这时他再听到一点儿泄气的话，那他就彻底垮了。其实人都是靠一股劲儿活着的，不坚持下去怎么行。大起大落，大落大起，这才是牛人的一生，平庸者你肯定看不见他跌下去，因为他从来也没爬上来。

男人越老越不可信，女人越小越好哄。所以，建议经济自立的婆娘们都选择小男人，忠于欲望忠于钱。

不能向前走的时候，就先停停，原地踏步就当必要的修养生息和厚积薄发的前奏，不要一受挫就沮丧，更不要一有阻挠就换了方向。你且忍耐下停滞不前的考验，此时考的是你的耐心和胸怀，一个人没耐心也没胸怀，还能做成什么事？

诚信，是很多人最不在乎的，也是做生意交朋友的必要素质。一个人失去了诚信，朋友会离开他、客户会屏蔽他、家人会讨厌他。诚信就像你身上必有的遮羞布，你若是不肯穿它，大家都当你有病且病得不轻，必须离你远一点，毕竟大家都不是野人了。讲诚信的人，卖货不用吆喝，因为大家知道他不会卖不靠谱的东西，大家也不信他会有多么贪婪，因为都知道他一向推己及人。即便诚信的好处是换来拥护和支持，可是很多人还是做不到诚信，原因无他，诚信是需要放弃一些既得利益，并以双赢为目标的，而某些人习惯了抢夺和霸占，他怎会甘心让别人受益。

坏，是容易做到的，因为坏源于极端的自私自利，人本性自带这个，得靠修养和道德底线来约束和控制。约束控制不了自己的坏的，大有人在，被人发现你毫不收敛的坏后，人们会防范你，你再想获得机会就难了，除非硬抢明夺……那你就更被人们防范和躲避了。好，做到有难度，因为多半时候做好人会吃些亏，但大家的眼都没瞎，即便是坏人自己也想跟没有害人之心的好人做朋友，何况普通人，所以好人获得的奖励是始终有朋友，始终被信任。即便未必总有人为好人解困，但合适的机会出现时，大家还是都愿意把活儿交给好人而非坏人，就因为他是好人，他让人们有亲近感。

中国人把“出息”定义为“有权有势”或“名扬四海”，成功学都是灌输如何有出息的内容。某顺以为成功并不等于有出息，从字面上看，把事做成也就算成功了，而不是要把事做得多么完美，多么皆大欢喜。如果按某顺对成功的理解，很多人温饱不愁也就不错了，老祖宗都讲小富即安，你还要怎地，没必要追求大富大贵嘛，因为你要的多就付出多，累死了不值当。但温饱不愁的人多了去，有几个能满足的？都是逼自己往“衣食无忧”去，到了“衣食无忧”时又追求“锦衣玉食”……最后人们就始终累。想不累也简单，不朝上看，就往下看。你们此时肯定要说了，“某顺为什么那么拼命往上走？”嗯，某顺就是给你们证明一下，普通人朝上走会有多么辛苦。结果某顺证明了一通后，还不是一样幻想“农妇山泉有点田”？某顺十二年前啥理想，现在还是啥理想，这算出息了还是没出息？

不要做池塘里被喂养的鱼，因为主人一旦不喂你了，你就饿死了。要去活水里，要去更大的水域，要做自己会猎食的鱼，要变成周遭环境不能怎么奈何你的强势鱼。这一切都不是为了虚名浮生，而是为更自由自在地活，以自己想要的方式活着。

朋友就是你有麻烦时主动帮你的人，也是你顺风顺水时不叨扰你的人。跟随你一生的朋友很少，多数朋友都是季节性的，过了这季就消失了。

“偏见比无知离真理更远”，这句话你当然见过，你也确信它是真理之一，但你依然改不了偏见，为什么？因为你打心底就不愿承认“她是好人”“这事没错”“那东西很好用”等信息，这不仅出于你不可告人的私心，还出于你冥顽僵化的思想。也就是说，你批评否定或质疑嘲笑的大多时候，没有客观态度，只有主观意愿。而公允公正公道公平公开，才是我们对这个世界应有的态度，你做不到，你内心都知道你自己的扭曲，你还有什么资格去传播和评判？

你总认为自己对，是对方有问题，为什么？因为你从来没有完全中立和客观的态度，如果你肯让完全无关的第三方来点评你们之间的矛盾，你一定会听到你不想听到的答案：即便你有理，你也不是一点儿错都没有。这就是旁观者清。所以女人们有了困扰（甚至答案是显而易见的）会来问某顺，无非是要一个公平的判断，来帮她们确定自己是否做对了。你别说她们傻，可能有一天你也需要傻着来问某顺的，因为不问，你就不知道自己有多疯狂、多执拗。

你做的很多事，只需要无愧于心、不违法、不与伦常相逆，如此即可。你不需要讨好迎合每个人，因为你不是人民币，无论怎么做，也不可能人人喜欢你；而且就算你是人民币，还有人喜欢美元欧元英镑……所以你不用幻想全世界都拥戴你，坚持原则，做力所能及的事，掌握是非黑白，不侵犯他人权益，也不让别人的肮脏影响到你，洁身自好并努力奋斗，做一个拥有高贵人格和对社会有价值的人就行了，其他不用考虑，事事周全很难做到，就和人无完人一样。无害人之心，有善良之根，很重要。

杨绛在《我们仨》里写“我们只有死别，没有生离”。这句话相当感人，因为一般人做不到，一般人都反过来，都是“只有生离，没有死别”。虽然大家都敬仰前者，但理想与现实差距太大——就算自个儿想携手到老，对方愿意吗？老天愿意吗？而且，万一后面又出现个比他好十倍的人，自己那时还坚持不离不弃旧人，是不是脑子坏了，难道人往高处走就有错吗？这么想想，大家还是原谅并接受“只有生离，没有死别”了。于是乎，永恒不变的爱情成了故事里的事。某顺早说过N多遍，能不能久长，看天；也没必要为了久长就不惜代价，何必与天斗呢，白头到老不必要，始终有爱才值得。

中国有一种不好的风气，源远流长不说，近年来还日趋严重。具体表现为：我穷我有理，我弱我有理，我无能我有理，我被抛弃我有理，我啥啥都有理，我永远有理；你比我富你就是为富不仁，你比我强你就是奸佞狡诈，你比我有能耐你就是善于妖言惑众，你抛弃我你就是狼心狗肺丧尽天良，你啥啥都不行，你就是运气好。——大家都能看得出来，这不仅是典型的仇富，还是典型的仇强仇好、仇一切向上的阳光的美好的积极的事物。羡慕嫉妒恨到这种地步时，活着就没必要了，因为当下世界都是跟你作对的，你更适合另一个世界，完全黑暗冰冷的世界。具有这种反社会人格的后果是，你走哪儿都不招人待见，你也永远没有改变命运的机会。你认识不到自己的穷丑懒蠢恶，你就没办法让这个世界对你绽开笑脸，你更没办法让周遭的人给予你支持。

为什么要坚持原则，哪怕有时候坚持原则都疑似不近人情和顽固保守？因为原则是衡量一个人是否可靠的根本，讲原则的人不会做随波逐流的事，讲原则的人不会随意改弦更张，讲原则的人不会为了面子做违心的事，讲原则的人重视的是操守而不是利益。总之，原则让这个世界维持安全有序的运转，如果人人都讲原则，犯错和闯祸的事就基本不存在了。现实生活中我们常常看到因放弃原则所带来的懊恼和悔恨，为什么人们明知不对还会放弃原则呢？盖因总有过不了的人情关，和幻想赌一把的侥幸心理。请记住：你坚持原则，只是为了让公平公正始终存在；你维护原则，只是为了确保大小事情都正常运行。

友情提醒下“520”没收着男人红包的婆娘们：有时候男人不给你期待的红包，是因为知道给多少你都不会满意。换言之，如果你月入几万，他在“520”这样一个所谓的节日给你 5200，你未必觉得他够大方，因为 5200 是你自己很容易就拿得出和挣得到的数目，不足以震动你，但 5200 对他来说或许就不是小钱了；给你 520 吧，怕你骂他小气；给 52，像穷人身份自证；给 5.20，像群发前女友的老流氓；给 52000，他真心不认为你值这数……最后他只能一毛不拔了。其实遇见一毛不拔的男人真不算坏事：他有需要的时候你也完全可以置若罔闻，而他那时连怨你都没底气呢。婆娘们要记得，不拿他分毫，他也捏不住你半点儿，等到了他的折旧期，就换人吧，想什么长久，这年头哪有长久的事。

老祖宗用成语“雪中送炭”和“锦上添花”概括了帮的境界：即，雪中送炭才是帮人的最好节点，因为他急需，而你给他了，他的困境得以解除，他才能对你感恩戴德；锦上添花不是不可以，但因为你的花对人家来说只是点缀，可有可无，不是最闪亮的贺礼也不是最昂贵的心意，人家还能记多久你的这点好处呢？所以，能雪中送炭就雪中送炭，不能雪中送炭的话，锦上添花也可做可不做，以免对你来说已然付出，对人家来说这点恩德完全可以忽略不计，最终你得不到你想要的重视和回报，对方又不认为你值得他重视和回报，如此岂不是两相辜负，又岂能不为此结下梁子？所以，善心要有，善缘要结，只是要看时候，要看人下菜碟，若他不是急需，你且往后站站吧。

做一个高傲自尊的人，比做善于阿谀逢迎的人，要体面很多。穷，不要紧，穷也要穷得有骨气，不能听说谁有钱就立马奔上前去；没名气，更不要紧，普通人也有熠熠生辉的优点，不能见了名人就想方设法钻到他身边去。要知道所有脑子正常的名人，都看重积极上进的人，都在意忠诚可靠的人，当一个人动辄说前主子坏话，结交谁都是只奔好处去时，是个人都会看不起他。和他一个层次的，会恶心他的市侩，他巴结的对象，会提防他的势利。所以，往上走，不等于一心结交权贵，提升自己的朋友圈，也不等于见缝就钻。当你是一个人物了，其他人物才愿与你成为真正的朋友，不然你就永远只是人物们的马仔；当你只是一粒石子的时候，就别幻想能借光修起你自己的高楼大厦了，没人会给你那么大那么重的好处。试着做一个有节操的普通人吧，努力奋斗你自己的，有贵人提携就珍惜，没贵人相帮就自己埋头苦干，不要让所有人都看懂你除了一张好嘴就再无其他，如此你的明天才能真正美好起来。靠自己，最稳妥。

你需要说假话吗？你需要假装在乎人家吗？你需要在朋友圈还虚与委蛇吗？某顺不认为这些是你需要的，因为某顺没做这些，也没见天塌地陷，生活工作都正常不说，朋友也不少。诚然，只说真话，不伪饰真心，不装雅致装豁达，可能会得罪某些人，但那些本来就和我三观不一的，尤其是和我做人做事原则背道而驰的家伙，话说我要不趁说话直白把这些假朋友伪君子赶走，他们岂不是要一直埋伏在我身边，随时偷窥我又随时能袭击我？某顺的世界黑白分明、是非清晰，我也忙得没空跟人斗心眼玩心机，所以我肯定要选择最简单的做人方式，用最少的交友成本来维持我的正常状态，能靠几句话就清理朋友圈，如此高效率，我当然要坚持。Ps：你们别全学某顺，尤其是给人打工的不能全学我，不然饭碗就捧不牢了。嗯，所有的强悍态度，都来自强悍的资格。某顺不用讨好任何人，因为某顺不依靠任何人赏饭吃。

未必你一定需要他，但如果你把自己逼到了非他不可的境地，你也只能与他共存亡。多数的执着，是毫无分寸的坚持，多数的伤痛，是放弃自爱的后果。

成功的人都有一个特点：贼能坚持，不达目的不罢休；不成功的人也有一个共同特点：坚持两天就歇菜，付出一点就要回报，若不能立马有回报，就认为自己努力也白努力，付出也白付出了。三天打鱼两天晒网的人太多，只有一部分人坚持打鱼，最后他们才有收获——哎，你打小就读勤能补拙的寓言，为什么一把岁数了还不信呢？

怨妇的基本特征是，逮谁都诉苦，跟谁在一起都不爽，谁离开她都是对不起她，认为全天下人都和她对着干，开口就是“不知怎么办”“我很难受”“我没人帮”……这样的女人在人群中至少有三成，她们负能量爆棚，自怨自艾成了习惯，还自以为是命运不济，老天对她不公。依某顺看，这些女人都是一丑二懒三傻的：如果漂亮，不缺像样男人用，哪有工夫抱怨？如果勤快，时间都被工作占满，哪有空闲乱想？如果脑子清醒，懂得谁也不是她的垃圾坑，哪会逮谁都诉苦？——某顺这么一说，不知又添了多少恨死我的女人，因为我“不仅不帮她，竟然还打击可怜的她！”——好吧，来说说你都可怜在哪儿吧。健康在，爹妈在，饭碗在，孩子也在，想甩你却始终甩不掉你的男人也在……你要的你都有，你还想怎地？哦，“工作不好，收入太低，领导不重用你”，那么我问你，你付出了多少？你比身边人更勤奋还是更努力？你连加班都能认为是老板剥削你，你还想老板怎么重用你？“孩子学习不好，男人不碰你，爹妈也不给力”，那么我问你，你不知道龙生龙凤生凤老鼠儿子会打洞？你不知道男人只喜欢漂亮女人？你不知道爹妈已老只能等你反哺了？“要想人前显贵，必得人后受罪”，你等靠要了几十年，还不知道一切靠自己？你哭给谁，谁都不同情你，你说给谁，谁都懒得听，你之所以有今天，是有运气成分，但更多的原因是你从没努力过，或你的努力都是想当然的，三天打鱼两天晒网的。这个世界所有美好的享受，都是留给美人、强者和运气好的人，你如果没好运，你就想办法变成美人和强者吧，哭诉没用，抱怨没用。

聪明是必须的，一个人如果不聪明，会经常做错事、说错话、走错路，因为他的识辨能力和判断能力都太差，他就不知道什么是对的。“想不到”是不够聪明的人的主要问题，玩笑话形容这种人，就是脑回沟不深，还少。但拥有了聪明就能拥有对的做法、说法和想法吗？No，还有心眼的好坏区别。心眼不好的人拥有聪明乃人间坏事，他所有聪明都会用在算计他人上。所以，某顺跟人打交道，先看他心眼好坏，而非他是不是够聪明，某顺宁可跟一个心眼好的笨人做朋友，也不会跟一个心歪眼斜的聪明人打交道。有人说“要重视对方的优点”，而某顺觉得，你能不能承受对方的缺点，才是你们关系能否持久的关键，就比如诡计多端的人在某顺这里找不到市场，皆因某顺最不能接受的别人的缺点就是狡诈。可以聪明，不可以精明；可以心眼多，不可以当我傻——这是某顺对朋友的要求，不具备的都被某顺踹离身边了。

如果你没有很多钱，而且挣钱难，也借不上男人的光，那你就不要做“省吃俭用买奢侈品”的蠢事了，因为这不实惠，也不理智，你的经济水平在哪层，你就该消费哪层的商品，硬是不顾承受能力的攀比，会让你活得无比累。人生在世，还是要尽量让自己轻松地享受，而非勉为其难地拔高，尽管某顺也主张努力奋斗，但如果仅仅是为消费得起奢侈品而去努力奋斗，那就活得太没谱了。原本可以细水长流地滋润生活，你非要节衣缩食地攒钱买大件，把该有的乐子和舒适都放弃，就只为满足虚荣的欲望……坊间有句话形容这种状态叫“驴屎蛋表面光”，只有面子没有里子的生活，绝不会是幸福美好的。对于多数人来说，都不需要奢侈品或大牌来武装自己，草根就该有草根的装备，如此才显得你做人稳当踏实。

一样花钱买衣服，为什么穿在你身上就不好看？因为你穿了不适合你的衣服；一样收入和出身的女人，为什么她始终有人追而你始终没人要？因为你不会捯饬。三分长相七分打扮的说法很有道理。以前某顺在电视台录节目，经常早上在大门口看见一个个素颜的女生，最多是中等偏上的姿色了，等下午收工再到大门口去看，出来的清一色大美女，一个赛一个的美，这足够说明化妆是多么有用了。人靠衣妆马靠鞍，男人就爱大美女，你就甭再坚持你的素颜论了，你因为寡淡的模样不知都错失了多少帅哥呢，还自以为心灵美最重要啊？呵呵，就看不见连广场舞上都是好看的大妈在领舞，有老头儿尾随的也都是好看的大妈吗？你甘愿堕落一辈子是你的自由，但某顺实在想跟你说：其实你的人生本可以美好很多的，就是你不会打扮，才是如今这局面……做一个严格要求自己好上加好的女人，是某顺的坚持，希望也是你的。再美都不过分，千万别跟丑八怪比外在。

“以貌取人”不是男人独有的毛病，女人也一样，婆娘们不妨回忆下你们自己遇见长相狰狞的男人，是不是第一个动作也是往回缩？当然你们不至于长得狰狞，只是让男人没胃口的长相，必然会阻挡你们通往想要的幸福生活：所有男人都想找品貌皆优的女人做老伴儿、做他孩子的妈（女人也不例外）。外观是选择的第一步也是必要的一步，有了外貌优，再探索女人的内在美，这才是正常程序，否则专门去长得歪瓜裂枣的人堆里选“心里美”，不是完全有悖于“内外皆优”这个初衷了吗？

“丑妻近地家中宝”已不适合当下社会，现在丑妻们多是整天哭号“他为什么出轨”的怨妇，你若还以做黄脸婆为己任，你若还认为不打扮才是大婆标配，你的生活只能乌泱泱一片漆黑了。某顺采访的男士让某顺转达他的意见给你们：老婆不打扮就是把男人往外推。某顺在前面十年的婚恋咨询研究工作中，一直鼓励你们精神上经济上都站起来，成为男人打不倒的新女性，现在你们已经站起来了，某顺要教你们用统战的观点来收服男人了，记住，不再有敌对，从此只有收买，因为你们已经有能力收买男人了，只要改变下你们的外在和态度，就能实现让男人顺从你们的目的。美起来并不难，难的是观念，难的是自信，难的是勇气。

某顺经常说有些男人自信爆棚，尤其在他的长相和性能力这两件事上，容易自信到恬不知耻的地步。其实有些女人也一样容易自信到恬不知耻，女人的自信一般表现在这样几个方面：我长得中等偏上显年轻（对自己长相的过度自信），就算世上男人都出轨我男人也不会出轨（对自己魅力的过度自信），女同事孤立我是因为我各方面都比她们强（对自己人品的过度自信），我孩子可聪明可懂事可好了（对自己基因的过度自信），我婆婆可不是东西呢（对自己智商的过度自信）。有自信，原本是混社会的底气，但不靠谱的自信，不仅没法儿给你力量，还会让你跌得鼻青脸肿：你妈没教你的自知，社会都会教给你，用打脸和硬摔的方式，用一次次失意失望失落组建起你新的世界观。有的人会因此从一个极端滑向另一个极端，先前自信爆棚，之后自卑爆棚，倍受打击后很容易怀疑人生。所以起初不要那么自信，稍微谦逊点，对你的成长壮大是很有必要的。

发现一个有趣的事实：越是长相好的女人，越觉得自己长得不够好，得去微整形、弥补缺陷，得学点本事，以免被弃；相反那些长相真的是凑合，甚至连凑合也算不上的女人，往往认为自己长相哪儿哪儿都过得去，不说艳压群芳吧，也不该因为长相就被穿小鞋，更不该因为长相被男人挑剔。而且这群女人都有冥顽不化的执念，她看不出自己需要改变什么，反正其他女人如果比她更受男人欢迎，那就是那女人婊得不得了，其他女人如果从她心中想那里得到了钱，那就是那女人心机婊，她才不屑做这种事！某顺都不好意思问，有人挡着你抢男人的爱和钱了吗？你抢呀！

昨天有个姑娘问某顺如何提升气质。某顺看了她照片后无话可说，只能装没听见。因为她根本不存在气质困扰，而只是长相寒碜了些。很多女人都有认识误区，明明是长相问题，偏偏当气质问题，前些天朋友圈被刷屏的那句“主要看气质”，某顺只写了四字的评论“主要看脸”。而且，关于内在美，某顺从来就没有反对过，某顺一直倡导女人要自强自立自我，要实现个人素质拔尖的内在美。但外在美和内在美并没有冲突，你们都知道的林徽因，就是因为既有事业又有姿色才家喻户晓的，为什么某顺说外在美也重要，有些人就要跳脚反对呢？某顺已经解释过了，“内在美和外在美就是人的两条腿，缺一不可”，你咋就听不懂，非要坚持说独腿跑得更快更稳？你独腿跑个给我看看？迫于先天条件限制，只能强调内在美的，值得同情，但不能因为你没有外在美，就说人家长得好的都是坏人，都是饭桶，都不如你。千万别说像林徽因这样的女人 100 年只有一个，其实和林徽因同时期的才貌双全的女人有很多，如吴健雄、吕碧城、潘素、蒋英，等等，哪个不是内外兼修啊？

仇恨美女的，从来都只有两种人：得不到美女的，和做不成美女的。前者是渣男，后者是不好看的女人。反对追求外在美的，则都是些脑子有病的，或想美也美不起来的。某顺因工作接触过很多女人，多到数不清、记不牢，发现女人的美丑不仅会影响她的婚恋,还会影响她的性情。美女性情多温和,人也单纯质朴得多；而不好看的女人就容易玻璃心，动辄怀疑人家针对她，因此对人家怀恨在心，各种诋毁。究其原因，无非是从小没人捧的辛酸累积成一触即发的痛感，看谁都像敌人，一个被阴谋论和敌我论控制的女人，能温和了才怪。而美女从小被人捧被人追，习惯了被捧被追的她们会以为天下人都和善，就想不到那么多（因此美女上当受骗也容易，这是经历少惹的祸）。祖宗说“红颜薄命”，其实美女有多少？有限的美女一死，大家就看见了就唏嘘了，更多不好看的女人死了也白死，没人在乎。所以你告诉某顺，你是想做美女呢？还是想做不好看的女人？

女人要想“好了”，只能是先爱自己，用对孩子对男人的耐心与体贴来对自己。过去你可能把所有精力和时间都给了孩子和男人，现在可以收收了，至少收回一半心思来对自己吧。要知道你把孩子伺候得太好，孩子就没了锻炼机会，他走向社会就是个什么也不行，什么也不会的白痴，因为妈妈替他做了一切，等于你把他的翅膀给揪掉了；而你把男人伺候得太好呢，男人就习以为常地享受你的付出，如果有一天你抱怨你喊累，他就认为你不够贤良淑德，你不是好女人。很多男人在家里真是油瓶倒了都不扶的，究其原因，还不是刚一起生活时女人就为讨好男人而包揽了所有家务？记住，你爱你的家人没错，但前提是先管好你自己。孩子在一天天长大，他必须学会独当一面，不然他出了社会谁会看得上他？男人都不心疼你时，你也别妄想用拼命对他好来软化他了。所有被男人爱的女人可都是特会爱自己的女人。海燕们，就长长心吧。

给自己花钱要不眨眼，给男人花钱要细掂量，给孩子花钱要考虑有无必要。很多女人在这方面正好相反，她们给自己花钱左思右想还是不舍得，给男人花钱从不犹豫，生怕男人打扮得不高档导致他招不来小三，给孩子花钱只是出于宠溺而非真正为他身心成长考虑，要什么给什么绝不是爱孩子的表现。妇女们总是不明白为什么给自己花钱要不眨眼，好吧，某顺再解释一遍：女人给自己花钱无非是买行头买衣饰，在这个看脸的世界你把自己捯饬得越好，事业发展机会就越多，朋友圈子也越往上去，而这些都能带给你更多的物质回报。都知道经济基础决定上层建筑吧？你在家里有主导地位了，男人和孩子也就肯听你的话了，反之，你想想，你灰头土脸、落伍老气，在外面没人给你机会，你的上升渠道也因姿色欠佳和郁闷导致的态度不好而被阻塞，一个人挣钱不利的时候，回家还能腰杆子硬吗？男人还能听你的吗？孩子还能崇拜你吗？

经常有励志文章如此写："王菲离过两次婚、带着两个孩子，都找到了又漂亮又有才又多金又是名门之后的谢霆锋，所以女人你也别怕离婚、别愁以后遇不见好男人……"某顺看了这样的文字就特想问一下作者：你有王菲出名吗？你有王菲挣的多吗？你也是混娱乐圈的？你也能碰上在动荡家庭长大的一贯反传统的桀骜不驯的谢霆锋？真是的，你离王菲有一万步远，都敢拿王菲打比方，知道什么叫居高望远吗？知道什么叫有多大能耐做多大事吗？知道鲶鱼混不进鲸鱼圈吗？励志文章不是不可以写，但举例总要靠谱，你用小概率事件证明普遍规律，不觉得太吃力啊？王菲待的那个圈子已不是寻常的人间。真正的人间是这样的：你离了一次婚、带着一个娃，还有自己的房和车，你都找不到肯娶你的人了，因为国产男人认为他完全可以找到没拖累的女人（事实也确实如此，有的是从偏远山区才挣扎出来没多久的大姑娘愿意找二婚老男）。

“伴侣不多是指几个伴侣？”——哈，“不多”肯定是数得过来的，也许你会嫌少，但质地好的伴侣在相对时间段内有一个就足够了，滥竽充数没必要，你又不是大合唱的指挥。不过，假如你不断地进步，之前你认为配得上你的伴侣，后面八成会被你换掉，因为你在强大美好之后，对伴侣的要求也会逐渐提升和苛刻，彼时你就会换伴侣以图新的身心愉悦。这种变心属于自然更新状态，而非喜新厌旧或多吃多占心理，所以，“伴侣不多”不等于“从一而终”，但起自“不断进步”目的，算超越了“从一而终”，应该被我们支持和接受。也所以，有些婆娘哭诉“想当初他对我多好，现在他对我多冷淡”时，不妨先想想现在的你是不是比他差了很远？请从收入、追求、见识、圈子、社会地位、外在形象等多方面衡量你们的差距，请认真想想如果你比他强很多，你能永远看得上他吗？

某顺从不以为女人必须有婚姻，必须有法定男人，但如果你出于某些目的只能保全婚姻时，你当然要做一些牺牲和让步；同样，某顺也从不认为女人的努力和勤奋就是为了获得更好的男人，你拥有的本事都是能为你个人谋利的，你本事越大，社会地位越高，经济效益越好，你就越能掌控属于你的未来生活，包括选择更好的男人、选择想要的生活方式、选择你喜欢做的事和你喜欢的人。而在你默默无闻，只是一个贤妻良母之时，主宰生活的梦想就很难实现。为了自己说了算，为了傲视群雄（此雄非彼雄，此雄单指男性），为了拥有话语权和否决权，你也得让自己变成能多好就多好的出类拔萃的女人，这样的努力纯粹是为自己做的，你为自己做多少事也不该喊累吧？

某顺整天讲，要挣钱、要打扮、要卯足劲儿地超越其他女人，因为男人也是人，男人也喜欢各方面都出众的女人。永远不要妄想一个各方面都庸常的女人还能找到多么好的男人。你丑你再笨，他没瞎又没傻，他不抛弃你、不绕过你才怪。你也别怕努力狠了会超越男人，超越了就甩了他，谁不是朝上走、想好吃的？人性而已，男人能接受这个。而且，即便超越他也未必非得甩了他，让他做你的贤内助又有甚不可？英女王都有一辈子不改初衷的贤内助，你怎么就不能主主外，让男人也主主内？武则天 1300 多年前都称帝了，你现在连你家户主都不敢做，还整天吆喝“男女不平等”，男女平等了对你也没用才是真的。某顺眼里真正的男女平等是，男人能做的事女人也能做，包括当老大，包括换伴侣，包括想怎样活就怎样活。

在某顺心里，勤奋是必须的，因为糟蹋时间于我有不安感，我觉得早晚都是一死，既然人们都会殊途同归，不如做点力所能及的事，为这个世界尽点力所能及的义务，之后再心安理得地开始另一个世界的旅行。在某顺心里，勤俭也是必须的，因为糟蹋粮食和器物同样会让我不安，世上每一件东西都来之不易，必须物尽其用，不然对不起自己辛苦挣来的钱，也对不起创造它们的人；当然，我不会因为珍惜劳动就变成吝啬鬼，变成一个收垃圾的人，我会经常用断舍离的办法把一些用不着的东西送走，我不用了但有人还用得上，这就是最好的安排。

青春年少时要选自己喜欢的人谈恋爱。年纪轻轻的你，可能会被物质诱惑，可能会被虚荣控制，可能会随波逐流，可能会找不到方向，但你的一生中至少应该有一次纯真无邪的感情，那么就把这段童话般的感情交给青春期吧。嗯，年轻时要恋爱也只恋那些青春俊美对你好的男生，而不是某个家里有钱或他自己有俩钱的，相对于你而言的丑、老、傻、霸道的男人。

人生来就是为了品尝甜酸苦辣咸的，如果五味中缺了四味，你的生活只有甜，某顺以为这是既不可能也很可怕的。蜜罐子里泡大的人是有，但谁能蜜罐子里从小泡到老？七八十年的岁月里总会有这样或那样的打击，如果吃不了酸辣苦咸，那么走路摔个跟头都能让你觉得暗无天日……竞争力其实就是抗击打的能力和永远奋争的精神。“始终甜”的美梦是不现实的，既然生活不会永远甜，那就接受时不时的酸辣苦咸，你虽不爱这些滋味，也不等于你消受不了这些滋味，因为你前面经过的路和后面将走的路，多数都是酸辣苦咸的，甜只能是点缀，是装饰，绝对成不了你一生的主要走势。了解这一点才能让你更加珍惜曾经的甜，也才能让你面对现在的酸辣苦咸，可以泰然自若地接受，而不是颓废和绝望。

图书在版编目（CIP）数据

这个世界你要懂 / 某顺著. --长春：北方妇女儿童出版社，2017.9
ISBN 978-7-5585-1473-9

I.①这… II.①某… III.①散文集–中国–当代
IV.①I267

中国版本图书馆CIP数据核字（2017）第225581号

这个世界你要懂
ZHEGE SHIJIE NI YAO DONG

出 版 人　刘　刚
策　　划　师晓辉
责任编辑　陶　然
特约编辑　刘文莉　肖　瑶
封面设计　灵动视线 · 李莹
开　　本　960mm × 640mm　1/16
印　　张　20.75
字　　数　110千
印　　刷　北京旭丰源印刷技术有限公司
版　　次　2017年9月第1版
印　　次　2017年9月第1次印刷

出　　版　北方妇女儿童出版社
发　　行　北方妇女儿童出版社
地　　址　长春市人民大街4646号
　　　　　邮　　编　130021
电　　话　编辑部：0431–86037512
　　　　　发行科：0431–85640624

定　　价　39.80元